大地 大地 大地 大地 大地 大地 大地 大地 大地

停電之夜愛情故事

林怡翠　黃永芳
詹雅蘭　陳國偉
鄒馥曲
谷淑娟　孫梓評
角子　歐陽林
馬瑞霞
高岱君　蔣美經
吳雅萍

N
量販超市
市政府廣場
遊樂場
網路coffee
百貨商圈
百貨

今晚，上弦月顯得特別明亮，
剛剛才過完新年，
怎麼，現在又已經是初春的四月天，
屬於盆地的這座城市，近郊山上滿是嫣紅的山櫻。
氣溫雖有些低，所幸相當晴朗。
只是，總有一種無法形容的奇特感覺，
彷彿有什麼事，在此刻即將發生……

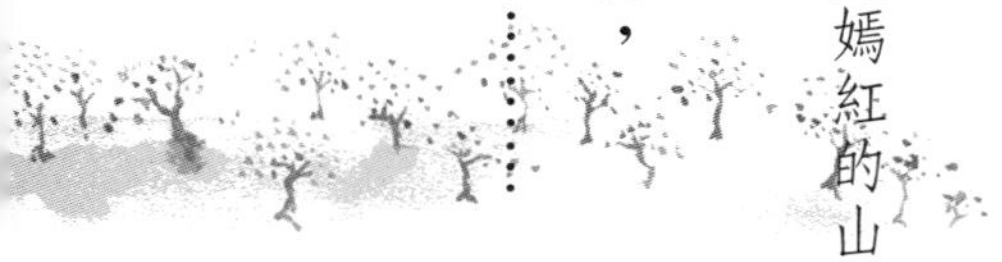

停電ア。

n t s

東區

兩則新聞播報：

今晚市政府廣場偶像歌手齊聚的演唱會，現場有上萬名聽眾，
在一片漆黑之中，仍不願離去，紛紛高舉手上的螢光棒，彷彿一片燈海。

因爲停電，網路咖啡店全部停擺，
東區卻有一家號稱不斷電的網路咖啡館仍可以運作，
這家店正在上網的人，竟成了國內外發佈消息的新聞中心……

市中心

一則新聞播報：

市中心的某大型遊樂場，因爲停電，造成數十名遊客被困在摩天輪裡，
其餘遊樂設施的人群已疏散，
目前工作人員正全面幫助摩天輪上的人們脫困……

停電之夜愛情故事

目錄

C O

北區

一則新聞播報：
城北郊區一家大型量販店因停電，許多顧客趁黑挾帶商品離店，
店家緊急防堵離去人潮。
由於當時客人超過上百人，此舉引發顧客的不滿，
雙方造成嚴重衝突……

西區

一則新聞播報：
西區百貨商圈，因號誌燈失去作用，
造成十數輛車擠撞在十字路口，
目前已知有五人受到輕重傷，救護車正前往連環車禍所在地。

東區

兩則新聞報導：
今晚市政府廣場偶像歌手齊聚的演唱會，
現場有上萬名聽眾，
在一片漆黑之中，仍不願離去，
紛紛高舉手上的螢光棒，彷彿一片燈海。

因爲停電，網路咖啡店全部停擺，
東區卻有一家號稱不斷電的網路咖啡館仍可以運作，
這家店正在上網的人，
竟成了國內外發佈消息的新聞中心………

停電之夜愛情故事

DJ，讓我為你放一首歌

谷淑娟

「二十歲生日的那天，姊妹淘在卡拉OK爲我點了一首『The one you love』。她們說，唱完之後，我的眞命天子就會出現。」

「結果呢？」DJ問我。

「結果，恩也被他那群朋友給拱上台。」

「他就是姊妹們爲妳準備的眞命天子？」

我在電腦的這一端微笑的搖了搖頭：「原來，恩也在20歲生日的那一天，選擇了我所選擇的地點慶生，而他的朋友也點了我朋友爲我所點的歌。」

「他們爲恩準備的情人，會不會也跟妳姊妹爲妳準備的那一個，藏在同樣的幕簾後面？」

「我跟恩一見鍾情，不管幕簾後面有多少預備情人，都派不上用場了。」

「緣分，眞是強悍。」

望向窗外，今晚月光的裝束，是一顆粉藍色的星子。想著恩的那一方落地窗裡，此刻升起的，是我昨日曬過的太陽，就忍不住想大哭一場。以我現在與恩的距離，連共享一窗同樣的月光，都成了妄想。

低下頭，我對DJ哀怨的說：「但是，再強悍的緣分也無法阻擋距離的拉傷。」

「距離只會把眞愛鍛鍊得更有韌性。」DJ說，用他一慣的，理性又感性的語氣。

「你相信世界上有眞愛？」

「我相信。」DJ很篤定，沒有一絲猶豫。

「那麼，告訴我，眞愛是什麼？」

「當全世界的燈都熄滅的時候，唯一還爲妳亮著的那一方天地，就是愛情。」

DJ是一個思維跟手指速度都相當敏捷的男人。從我第一次誤Key網址，發現了這個人煙稀少的「DJ's World」網站，與DJ交往至今，已經有一年多了。而每一次他給我的漂亮回應，從來不超過五秒鐘。我懷疑，除了程式設計師的工作外，其實，他還兼職哲學家與鋼琴師。

「像你這種信仰愛情的男人，眞是稀有品種。我們應該把你跟其他男人眞空隔離，並且接受嚴密的保育。」我由衷的說。

「讓我爲妳選播一首歌曲。」

每當DJ播歌的時候，就表示他準備要下線了。

「你又要棄我於不顧？」

「這是今晚我爲妳選播的音樂，聽好囉。」

突然，電腦中傳出「Happy Birthday to you～」的動人樂音。

啊！我的手離開鍵盤，掩住冷不防被淚水侵襲的眼睛、鼻子及雙頰。

「你怎麼知道今天是我的生日？」

「別忘了，我是這個網站的站長，我掌握了所有會員的基本資料。」

「我以爲這是一個無人問津的生日。」

「藍，別哭了，今天是妳的生日，妳應該要pink一點。」

「你又看不到我，你怎麼知道我在哭？」

「難道沒有？」他反問我。

他一問，我的淚水又任性起來：「今天，我就二十五了，四捨五入就是三十歲。情人卻在距離我一萬多公里的航程之外，而且連一句『生日快樂』都忘了給。」

「今天不也是恩的生日嗎？妳應該主動打電話給他，祝他生日快樂！」

我看看電腦上的時間，PM 9：05。屈指一算，舊金山現在是「我昨天」的凌晨。

「今天不是他的生日，他現在正處於青春大好的二十四歲凌晨五點零五分。」

「他是爲了追求更美好的未來，才到美國去唸書的。他的美好，也會是妳的美好。」

DJ安慰我。

「我恨舊金山，它讓我永遠比我的情人老了十六個小時！」

「等妳飛到美國，它馬上就會把那十六個小時的青春還給妳。」

「如果恩愛我，應該由他飛回我身邊，犧牲掉十六個小時，陪我一起老去才對。自古以來，眞愛都是需要犧牲的。」

「妳一點也不必斤斤計較那十六個小時。因爲二十五歲的妳，跟一個十九歲的小女孩沒有兩樣，一樣刁蠻而任性。」

「謝謝，這是一種讚美。」

「那就帶著十九歲的心靈去朝聖二十五歲的軀體吧。」DJ說。

這一次，DJ眞的下線了。

帶著DJ給我的讚美，我擁住在這個地球上已經有8761天的自己，陷入柔軟的沙發床裡。想著，下線後的DJ，此刻正在做什麼？他是不是我想像中的那種身材高䠷斯文的男生，復古的金邊眼鏡怎麼樣也遮不住他眼神裡的感性與深情……

「不對！不對！不對！」我狠狠的毒打自己的腦子。

我該想的，應該是距離我大半個地球的恩，爲什麼沒給我電話的頻率越來越長？爲什麼email漸漸一封難求？此刻的他繼續依仗著24歲的青春而呼呼大睡？抑或會不小心跌出夢的邊緣，猛然想起，地球的某處，有一個曾經與他同年同月同日生的女人，已經早他16個小時步入二十五歲了。

第二天上班，苟延殘喘到下午四點鐘，一篇報告寫得亂七八糟，正困坐愁城的時候，電話響了起來。

「Happy Birthday！」電話的那一頭是恩熟悉又陌生、靠近又遙遠的聲音。

我很想說「謝謝！」或者「你也一樣，生日快樂！」之類皆大歡喜的話。但是，他到底有沒有發現？他的生日已經不再是我的生日了。

「喂！喂！妳聽得見我嗎？」

「就快要聽不見了……」我虛弱的回應。

夜晚降臨，我進入了DJ's World，那才是一個與我的生命同步運行的世界。

「恩剛到美國的時候，爲了不錯過我的生命，他的床頭擺了一只時鐘，裡面走著的，是我的時間。我想，那只時鐘應該早就蒙塵了。」

「在愛情裡，剎那即是永恆，妳不該老是跟那幾個小時過不去。」DJ說。

有時候，我眞痛恨DJ老是袒護恩，這讓我覺得，我對他而言，連一點犯罪的慾望也激發不起。

「總而言之，他已經將我的生命遺棄在他的生命之外了。」

「爲什麼不直接提醒他，妳的生日早在前一天就過了？」

我很想對DJ說：「因爲，那天有你的祝福就夠了！」

但是，我還是口是心非的說：「你知道情侶間最消耗體力的運動是什麼嗎？」

「我……我說不出口。」

沒想到DJ這樣老實保守。

我笑著說：「是解釋！我現在的體質太差了，連一點想解釋的力氣都沒有。」

「妳的體質之所以這樣虛弱，就是因爲妳太不愛運動！」DJ學聰明了，反將我一軍。

電腦中緩緩的流洩出音樂聲，又到了DJ要下線的時候。

「希望這一首歌妳會喜歡！」

「Yesterday once more？你要我再重新體驗一次昨日的煎熬嗎？」

「我是想讓妳知道，每一個曾經都是值得紀念與慶幸的。」

「我還以爲你要我對愛情充滿相信，會點播雪兒的Believe給我聽。」

「雪兒有唱過這首歌嗎？」

「拜託，這首歌曾經在去年的英國排行榜，蟬連了好幾週的冠軍，虧你還號稱自己是DJ。」

「我怎麼一點印象也沒有！」

「哎呀，武功再高強的人也會有罩門啊。」我安慰他。

第一次，過了三分鐘之久，他才回應我：「我還是搜尋不到這首歌，怎麼會這樣？」

看見DJ竟然會爲了一首歌如此沮喪，第二天，經過唱片行的時候，我買了一卷雪兒的Believe回來。雖然我不能傳輸歌聲過去，但是卻可以「乾Key」給DJ聽。

「這首歌相當具有電子舞曲的感覺喲。」我解釋著。

「是嗎？她的電子舞曲有Petshop Boy的那麼膾炙人口？」DJ問我。

「拜託，Petshop Boy現在早就不膾炙人口了。」

「怎麼會，他們現在正是當紅！」DJ辯解。

「才怪，那是八○年代的事了！」

正當我們爭執不下的時候，門鈴響了起來。

「有人來了，我去開門，等我一下。」這麼晚了，會是誰呢？

我三步併做一步跑去開門。

我驚叫出聲：「恩！怎麼是你？」

「難道妳在等另外一個人？」恩一把將我擁入懷裡。

啊，恩開始用古龍水了，從前的他打死也不抹這種東西。

「我有三天的假期。」恩用他散發著古龍水的頸項，輕輕的，磨蹭著我的臉頰。

「你瘋了，三天連趕飛機的時間都來不及。」或許連要讓我適應古龍水的香氣都來不及。

「有什麼辦法？總是要擠出一點時間來陪妳。」說完，他順勢將我推向沙發床。

「等一下！等一下！」我的雙手揮舞掙扎。

「壓痛妳了？」

「我……我要關電腦。」

「電腦就算開著三天三夜也沒問題。」恩的一隻手牽制住我的雙手，另一隻手則霸道的扯開我的衣襟。

「讓我去關電腦！讓我去關電腦！」被恩的熱情滅頂之前，這是我最後的心願。

然而，我的心願跟著我的身體，一起攀登頂峰、一起出生入死、一起嚴重的沉淪了。

在電腦螢幕的親眼目睹下，我就像一盤火燒冰淇淋，冰涼、燒灼、融化、灰飛煙滅。最後，我癱軟在沙發床上。

臨走前，恩溫柔的輕撫著我的臉，喃喃自語著：「幸好，我們的感情還在。」

「那是激情，不是感情。」恩離開後，我對著他掩上的門虛弱的說。

如果是感情，我們應該珍惜短暫的時光，用力的傾聽對方的聲音，專注的探望對方的眼睛。而不是像現在這樣，無度的向對方需索熱情。這種激情，跟債主一次想將拖欠太久的帳款全數追討回來，有什麼差別！

一夜未闔的手提電腦，早已進入自動睡眠裝置。而DJ，也早已遠遠的，消失在黑幕之外。

不知道昏睡了多久，我從厚重的被窩裡探出頭來，然後是一隻手、兩隻手，最後是充滿莫名罪惡感的靈魂。破除電腦的睡眠裝置，尋著熟悉的路線，我進入了DJ的世界。

「Hi！有人在家嗎？」

「我說過，只要妳想要訴說，希望傾聽，我就會在。」DJ一派要命的溫柔。

「爲什麼你要對我那麼好？」

「傾聽，是DJ's World存在的價值。」

我喜歡DJ的溫文，卻討厭他老是用這種「無色無味」的語言回答我的問題。

「昨晚沒有跟你說再見就下線了，對不起。」

「恩回來了？」

「嗯。」我不置可否。

「愛也回來了？」

我望向窗外，深深的吸了一口氣：「今天我們家附近的市政府廣場好像有舉行演唱會，萬頭鑽動，好熱鬧的樣子！」

不想回答問題的我，顧左右而言他。

「前幾天我才去看了布萊恩亞當斯的演唱會，沒有華麗的舞台，只有歌手跟一把吉它，卻令人一再回味。」

我是布萊恩亞當斯的頭號歌迷，十年前他來過台灣辦了一次演唱會後，就再也沒有來過了。眞是的，老想唬我！

正要反駁的時候，電腦下方的ICQ突然閃動起來。

「藍，我已經開始想念妳了。」是恩。

「你回到舊金山了？」現在的飛行科技眞是神速。

「我還在台北，與妳只有不到一個鐘頭的距離。」

「你不是要趕回舊金山？」

「現在我最想趕赴的，是妳的體溫與熱情。妳的手機是不是沒電了？打電話又不通，我猜想，妳正在線上。」

當我仍墜入雲霧，掌握不了方向時。DJ在聊天室的那一頭呼喊著：「藍，妳還在嗎？妳的打字速度退步囉。」

「DJ，你不要離開。我正在ICQ上處理恩的問題。」這一串字原本是要回應DJ的。結果，一時手腳慌亂，竟然將文字誤key入ICQ的回應方塊裡。

「原來，我們之間，不只我有問題，妳似乎也有需要釐清的關係。」恩看了誤傳的訊息。

「爲什麼要騙我，一早就要趕回美國去？」事情有先來後到，恩理應先擺平我的疑惑。

「我需要時間冷靜一下，確定自己眞正的感情究竟在哪裡。」

「原來我昨天擁抱的，並不是眞正的你。」

「一個人隻身在外眞的很孤單。」恩說。

「所以，你找到了另一個人，讓你取暖。」我試探。

「她是我的同學，我們所做的，只是彼此傾聽及安慰，並沒有越矩。」

一年前，這種說法或許可以讓我釋懷；但是，現在，我清楚的知道，互訴與傾聽所能產生的能量，無遠弗屆。

「昨晚我奉上了肉體加入角逐，終於暫時領先她萬分之一了嗎？」其實，我並不想表現得如此酸味。

「我不會辜負妳的。」恩說。

「如果撇開情義，我是否才是你跟她之間的第三者？」

「經過昨晚，我確定我是愛妳的。這一次，我要把妳帶到舊金山去。」

「恩，眞正的感情是一首抒情甚至有些冗長的歌曲；激情，只是偶爾出現的裝飾音而已。你不該拿它來爲感情下定義。」
「是我的錯覺嗎？我怎麼覺得，想要放棄這段感情的人不是我，而是妳。」
恩的這個問題，讓我怔忡住了。是嗎？不斷在拉扯這段感情的，不是距離，而是我自己？
「妳會喜歡舊金山的生活，我們可以在漁人碼頭再談一次戀愛。」恩鍥而不捨的說。
我仍陷在迷惑中，無法自拔。
「或者，妳早已決定跟那個DJ在一起？他多大年紀？家庭背景如何？你們是怎麼認識的？」
「……」這一年來，我只是不斷的訴說，他只是不斷的包容，我只知道他是一個暱稱叫DJ的男子。其餘的，我竟然一無所知。
「跟著我，絕對會比跟著一個日夜顚倒的DJ幸福。」
「他並不是眞的DJ，你並不了解他，請不要爲我們妄下定論。」我激動的敲打著鍵盤。
而我，又對DJ了解多少呢？

一個接著一個，不斷湧出的問號，四處奔竄，來不及一一收拾：突然，桌燈、電話、收音機、窗外演唱會的舞台……整座城市，以迅雷不及掩耳的姿態，隱進了黑暗。

我的世界裡，只剩下手提電腦上的螢幕還意識清醒著。

然而，右下角，恩的ICQ連線已經完全中斷。如果他仍在舊金山，或許，我們的關係還有機會延續；但是，此刻的他，咫尺之距，卻被拋到天涯之外了。

DJ's World仍在運轉，只是，遲遲等不到我的回應，DJ應該早就離開了吧？

抱持世界上或許仍有奇蹟的妄想，我在黑暗中輕脆的敲打著：「DJ，你還在嗎？」

「我說過，只要妳需要傾聽，我隨時都在。」

突然，我的情緒失控的沸騰起來。

「當全世界的燈都熄滅的時候，唯一還爲妳亮著的那一方天地，就是愛情。」DJ曾經說過的話，以美好的姿態，航行在我的腦海。

「DJ，我想認識你！」

「我們不是已經認識很久了嗎？」

「我的意思是眞正的認識，你喜歡什麼？討厭什麼？你有多高？你有多重？除了相信愛情之外，你還信仰什麼？」關於DJ，我有太多、太多的想要知道。

「這麼多問題，我該先回答哪一個？」

窗外，暗夜中，上弦月像一抹溫柔的微笑，鼓勵著我勇往直前。演唱會中未曾熄滅的螢光棒，拼湊成一團歡慶的煙火，在暗夜中瑰麗的舞動，用一種暗示的節奏。

「我想見你！」我終於「說出口」。

「等我們坐下來以後，你可以慢慢解答我的疑惑。如果你願意，你現在可以先告訴我你的名字。」

「李翼。」DJ說。

「你的名字聽起來好像會飛！」我的心情正乘著DJ的翅膀凌空翱翔。

「妳呢？藍的眞名是什麼？」

「藍慈安。」我說。

「妳的名字聽起來好像可以止咳化痰！」

黑暗中，我被逗笑了，像一盞希望的燈火。

我們相約在第二天晚上的市政府廣場前見面。並且說好了，要各自在胸前別一朵花，就像年少時筆友初次見面那樣。我將從不輕易給別人的手機號碼留給了DJ，因爲，我眞的不想錯過他。

結果，他並沒有來。

等待的兩個小時裡，我按掉了十五通恩的來電顯示。而DJ，就像昨晚安息的電源一樣，沒有一點感應與跡象。

回到家，不讓自己有任何自怨自艾的想像，我義無反顧的進入DJ的網站。

「不管什麼理由，你給我出來！」我很帶刺，也很受傷，指尖都在火冒三丈。

「Hi，我是Dana，初次見面，請多指教！」

結果，出現的，竟是一個百年難得一見的陌生人。

「Hi，我以爲這個網站，除了站長跟我之外，不會再有別人上來。」

「十年沒有經過了，我也以爲，翼的這個網站早就不見了。」

「妳認識DJ？」

「其實，李翼的英文名字叫Jay，並不是DJ。」

DJ其實叫做Jay，而這個陌生女子叫Dana？突然，有一塊巨石重重的跌落我的心中：「DJ，是你們兩個人名字的縮寫？」

「嗯，不過翼確實也是一個很棒的DJ。」

「我應該讓你們兩個人單獨聚一聚的。」既然是外人，我何必攪局。

「今天剛好滿十週年，其實早上我已經到他住的地方去看過他了。草已被修剪過，案上的花也是新鮮的，他是一個不容易被遺忘的男人，今天一定有不少人去探望過他。」Dana說。

「你們是怎麼認識的？」我問。既然命運要給我挫敗，那麼，就一次全都放馬過來吧！

「我跟翼在學生時代就認識了。畢業後，他留在國內打拼，供我飛往巴黎去追逐我的夢想。然而，我還是辜負他了。」

「妳半途而廢？」我問。

「我愛上了別人。」她回應。

原來，這又是一個悲劇。

「他發現了嗎？」

「一直到他決定放棄一切到巴黎來找我，我都說不出口。」

雖然只有看到文字，但是我能感受Dana深深的歉意。

「至少，DJ至今都是一個樂觀的人，他並沒有因而失去對愛的相信。」我安慰她。

「他走後有好幾年的時間，我簡直痛不欲生，為了讓自己好過一點，我甚至卑鄙的安慰自己：『至少在飛機爆炸的那一刻，他所相信的愛情仍是美麗的。』」

飛機爆炸？我的腦袋轟然巨響，已經完全從正常運作中脫序。

Dana繼續無情的轟炸我：「這個網站是他送給我的22歲生日禮物。爲了怕我在異鄉遇到挫折，隨時需要找個人傾訴時，他能突破任何時間或工作的障礙，給我最即時的安慰及溫暖。於是，他建造了這個互動式網站。」

我慢慢的懂了，心也慢慢的涼了。原來，在過去這一年來陪伴我的，是冰冷的程式，而不是溫熱的心靈。

「儘管他對我這樣用心，儘管這個聊天室給了我許多美好的回憶。但是，我的寂寞還是無法被遙遠的情人以及聰明的程式所塡滿。所以，我背叛了翼。」

「而且，一次背叛了兩個！」我在心中爲DJ及自己無助的吶喊。

「對不起，我說了那麼多。那麼，妳呢？妳是怎麼認識翼的？」

我……我甚至並不算眞正認識DJ。我只是一個感情受凍，恰巧經過這裡，就一廂情願取用別人剩餘的溫暖來呵護自己的路人。

「妳還在嗎？」Dana繼續呼喊。

網路禮儀拋諸腦後，仁義道德通通滾蛋！我用力的按下電腦的power，讓整個螢幕在我的眼前，瞬間結束光亮與熱度。

我深深的陷入椅背裡。窗外，市政府廣場前的那一場演唱會，補演著昨晚尚未盡興的歡樂。而恩仍持續在我的電話答錄機留言：「藍，讓我們重新開始，跟我在一起，一定比跟那個叫DJ的傢伙有未來！」

「啊！」我掩住耳，對著窗外大聲吶喊，試圖恐嚇窗外喧囂的人們，把他們的歡樂掏一點出來。

我的心，在這一個夜，是真的整個沉暗，完全停擺了。

已經有一個多月了，我總是不能自已的來到DJ的網站，靜靜守候，卻始終沒有勇氣打探。直到現在，當我飛到地球的另一端後，我竟然有了非去面對不可的想望及決心。

「DJ，你在嗎？」即使，我知道DJ一定會在，也明白他根本就不在，我還是習慣性的問。

「我說過，妳需要我的時候，我一定都在。」

「你真的相信，兩個人的距離不管有多遠，它都可以完好無缺的存活下來？」

「我相信，至死不渝。妳呢？」

「我也相信！」這是第一次，我如此篤定。

「是什麼改變了妳？」

（「是你！」我在心中輕聲的喊著。）

「是巴黎遼闊的天空。」我對DJ說。

「啊，那是我一直想去的地方。」DJ說。

「我是來幫你探路的。」我說。

「我相信，妳一定會是一個好嚮導的。」

「今天，讓我做你的DJ好嗎？」我說。

「眞的？從來沒有人想爲我播歌。」

我眞實的感覺到DJ的喜悅。

「Maybe I didn't hold you. All those lonely lonly times‧I guess I never told you. I'm so happy that you're mine~」雖然我的配備不足，不能將音樂傳送過去，但是我卻可以用手指，一個字，一個字，用心靈及影像將動人的旋律寫出來。

「You were always on my mind. You were always on my mind~」最後還是由DJ找到了這首歌，將我的文字化成眞實的旋律傳送過來。

「這首歌我要獻給你：你將永遠常駐我心。」我心中的那一葉鍵盤，鏗鏘而有力的敲打著。

雖然我知道，DJ永遠只能爲我點播八〇年代的歌曲，但是，有什麼關係呢？因爲八〇年正是情歌最動聽的年代。

盲海豚

角子

PM8:57 汐止市

當若美的那滴眼淚，正要離開眼睛的時候………

電就停了。

所以李大哥並不知道她其實已經開始哭了。

「你不要再來找他了，他應該已經回去印度了。他如果騙妳今天要跟妳見面，那他就是故意要躲妳噢……妳要想開一點噢，大哥看妳的眼睛好腫……」李大哥在漆黑中說。

他真的不知道若美又開始哭了。

就在他沒有請她進來坐的客廳大門後面，有一個插電仿古掛鐘……噢！應該要先說窗外的雨，其實那陣雨早在停電前就開始下了……可是停電後的雨聲總是特別清楚，而尷尬的世界總是很容易只有雨的聲音……至於那個插電復古掛鐘，就僵死在那陣氣氛裡。

就好像剛剛在8:57，被槍斃了。

而窗外汐止市的大水，正一吋吋、一吋吋地高漲起來……

**　**　**

PM9:00　台北凱達格蘭大道

「你聽說過有一種海豚叫『盲海豚』嗎？」小馨對著他的男朋友說。

「那是什麼東西？」她男朋友問。

「若美昨天問我的，說是一種產在印度的海豚，好像是天生就瞎的，她昨天問我有沒有聽說過？」

「有這種東西啊……欸，李子維不是就在印度嗎？」她男朋友說。

「別提那個賤人！若美都快給他害死了。他媽的！調去印度就乘機把她甩了，什麼東西嘛！當初把若美說得那麼好……若美也是笨！還跟她男朋友分手來跟他。可是若美對他那麼癡情，笨嘛！我當初就跟她說李子維看起來就很花啊！果眞他後來就又回去找他從前的女朋友嘛！」小馨看著她男朋友又新點了一根菸。

「你後來沒有再跟她聯絡了吧？」小馨問。

「誰？」

「你從前那個啊？」小馨說。

「什麼跟什麼嗎?!當然沒有啊。」

「你如果敢再跟她聯絡，我就殺了你！」小馨突然喊出來。

「小聲一點，這裡是總統府……」她的男朋友像給鬼揪著領子那樣說。

「總統府怎樣！總統都下班了啊……反正你就是絕對不准再跟她有任何關係就對了啦！」

「對噢！難怪我今天看總統府外面那麼暗，咦！總統下班了總統府就會把燈關掉嗎?!」

她男朋友問。

「對噢，為什麼這裡這麼暗啊！這麼暗陳水扁還鼓勵大家來這裡散步，不怕危險嗎？」

「反正這裡警衛那麼多。」她男朋友說。

「可是從前對面北一女的學生還不是當街給人家潑硫酸……啊！會不會停電了?!連這裡都那麼暗，大概全台灣都沒電了啦！」小馨又叫出來。

「噓！噓——我打電話問我朋友就知道了。」她男朋友急得都快吹出口哨了。

「打給哪一個朋友問！」

「男的，我拜把哥兒們啦！」她男朋友終於忍不住吼出來。

＊＊　＊＊　＊＊

PM9:34　高雄　知名搖頭吧

「是……是啊！你…們那裡…也停電噢！」胡胖說。

「胡胖，你怪怪的。」小馨男朋友的聲音從手機裡傳出來。

「兄弟啊……我完了！」胡胖說完還嘿嘿嘿地笑了一下。也不等對方問就又繼續說：「我剛才才第一次喀藥…才…才吞下去沒30秒咧！就…就停電了，嘻，你知道我現在看見什麼，我前面有好多好多海豚在游來游去，眞好看。」胡胖說完就打了一個嗝。

「你現在在哪裡?!」小馨的男朋友問。

「等電來啊！我們現在在外面的走廊上等電來啊！嘻，你知不知道我剛才在裡面把到一個馬子，超正的！她剛才跟我說她喀藥都是爲了看見海豚，嘻！可是她每次都看見鯨魚，哇咧……」

「你講那麼大聲不怕她聽見？！」小馨的男朋友問。

「哈，她騎著她的鯨魚去買菸了。」然後胡胖又突然很驚訝地說：「我的天，兄弟，你猜我又看見了什麼?!」

「條子啊?!」

「啐！拜託這裡是高雄不是台北好不好，是『飛機』！那些海豚都變成一台一台飛機了啦！真漂亮，你下次一定要試一試……」胡胖邊說還邊比出飛機降落的姿勢……

**　　　**　　　**

PM 10:00　印度　孟買機場

當飛機一降的那剎那，李子維就決定要打那個電話了。

「喂！」李子維在雜訊中喊了好幾聲。

「子維，我聽得見！你到啦！」

「是啊，大哥。我剛到。」

「若美剛才有來找你。」李大哥說。

「這樣啊……」李子維突然不知道再說什麼。

「唉，你如果確定跟人家不適合，就講清楚。」

「我們，講不清楚的……這次調到印度來，也許就可以眞的分開了。」李子維說。

「我聽若美說你又跟小月聯絡了。」李大哥問。

「只是打打越洋電話。在這裡沒什麼人說話。」李子維說完嘆了一口氣。

「那你要加油！剛去那邊做公司代表要好好表現。」李大哥鼓勵他。子維從來沒說，但他聽子維的同事說過，那邊很苦。

「我會。幫我跟爸媽說我到了，他們應該都睡了，不想吵他們。還有大哥雖然忙，偶爾要回去台中看看他們。」李子維說。

「我會。總之你要保重。」

「大哥也一樣。」

李家兩兄弟在掛上電話後，卻紛紛想起一些事情。那是一種稱不上特別——特別難過或特別開心的事情。李大哥想他這個弟弟，眞的是一個好弟弟。他從小就覺得子維其實比較像哥哥——穩定、對生活比較有算計，在算計中還要算計應該每個月起碼回去台中看一次爸爸媽媽。李大哥其實是一個很率性的人，通常他活得很自己，可是他唯一對愛情很小心；而那是子維唯一的缺點，他覺得子維對愛情的態度是他唯一的爛處。而說起子維第一次要去印度的那個清晨，李大哥到現在想起來都還覺得歉疚，他知道子維絕對不會想麻煩他送，當然那也因爲李大哥從來都不是一個有辦法早起的人——連李大哥自己都想到了。所以他前一晚就寫了一封諸如鼓勵加油之類的紙條，貼在子維的房間門口。第二天早上起來的時候當然子維早就走了——子維那張便條紙的背面就換貼在李大哥的房門上。「Take care of yourself！」——天知道李大哥看到那張紙條的時候心情有多難過，他想起這些年來，表面上是弟弟來住他的房子；實際上卻是子維對他這位大哥的照顧。他應該起碼送他去機場的，也許那只是一種沒有太多意義的形式，而接下來連要再完成那種形式，卻都起碼還要再半年，李大哥眞是後悔死了⋯⋯

子維的感覺也是後悔的。

所以他才讓電話響一下就掛斷了。

可是手機螢幕上「若美」的字樣卻還停滯著。

他今天也不會打電話給小月。

就把它當作一種對自己的懲罰吧！

想到這個決定得太快的懲罰，子維馬上又忍不住後悔起來⋯⋯

**　**　**

PM10:45　忠孝東路三段『7-12網路咖啡廳』

小月的助理一進入那個聊天室就後悔得要命。

因爲他知道自己一定又會半天出不來。

平常他就經常假藉出來採訪新聞的名義，溜來這間號稱比7-11更全年無休的網咖。

更何況這是一個停電的夜晚。

更何況這是一個，眞討人厭的在停電的夜晚還要出來跑廣播新聞的一個，眞的很討人厭的夜晚。

「Hi，怎麼稱呼　:v)　」小月的助理用一種很煩悶的心情在鍵盤上敲出，千篇一律的招呼語。

「海豚妹。」螢幕上出現對方的名字。
「週末怎麼沒出去玩？」助理問。
「剛剛去pub，可是停電。」
「好好玩的名字。」
「因爲我很喜歡海豚。」海豚妹說。
「海豚眞可愛。」他附和她說。
「可是我每次都只能看見鯨魚。」
小月的助理愣了一下，不懂她的意思。
「你昨天有看電視新聞嗎？」，海豚妹的字繼續浮出來：「電視新聞說印度有一種『盲海豚』，可是快絕種了……」
他不喜歡海豚，可是開始覺得她可愛，他想約她出來。他喜歡單純的女孩——沒有邪惡的念頭，就像所有情人的初次見面那樣。
「要不要出來喝咖啡？」他問。
「我已經在一家網咖喝咖啡了。」海豚妹說。
「我去找你。」他敲字的速度有點著急。

「No！我剛才才跟一個變態翻臉！他騙我說他看見好多海豚，Shit！結果在大馬路上抱我，沒看過喀藥那麼沒品的。」

他覺得自己好像突然吞下了一坨口水。那是他第一次那麼快從那個聊天室退出來。

他知道網路上有很多，但他卻從來都不是變態。上個週末他就遇過一個變態，那個女的本來好好的，感覺也很好，後來那個女的就帶他去她家。很少有人拒絕得了的那種方式和氣氛，後來她問他要不要一起洗澡，然後把他綁在浴缸上，他覺得怪怪的但總之還是被綁了。然後那個女人就突然好像登基做太后了！她竟然叫他喊她「主人」哩！他身體和喉嚨都怪怪的，在一種霧氣般的迷濛氣氛下，他竟然也小小聲的喊了……就在他高潮的時候，那個女人突然把他的頭壓進水裡，「試試看、試試看，享受一下那種同時瀕臨死亡和歡樂的快感啊！」，他瘋了！像即將給人家分屍那樣在水裡怪叫，然後是一陣天旋地轉的咳，世界就在那一瞬間瞎了！他現在根本不願意去回想自己最後是怎麼逃出來的。

想起那缸水、那個變態SM女王，一直到突然想起「盲海豚」這個名字他才忍不住打了一個哆嗦。

然後小月的助理就起身走了。走過那麼大的網咖店裡的那麼多人，一條溜滑的行走曲線，輕輕劃過一個人和那個人前面的電腦螢幕，他再注意都不可能發現的，「海豚妹」三個字，正輕輕躺在那個女生的電腦螢幕上。

沒有人知道那眞的是一家很厲害，厲害到眞的是全台灣唯一一家有電的網咖。

一樣沒有人會注意的，是小月的助理剛剛離開的電腦。因爲它很快就會被店員重新整理掉了——「盲海豚」三個字就在搜尋引擎的方塊裡躺著………

下面緊隨著的，是「抱歉！沒有任何資料顯示」的幾個大字。

**　　**　　**

PM11:36　汐止市

若美覺得她總有一天要停止這種沒有資料的搜尋。

只是那一天究竟會在什麼時候來呢？

所有在愛情裡留下來的那一個，最難的回答；而走掉的那一個，永遠不會曉得的。

怕是連這一陣疾來的雨勢都打不醒的吧！

她花了很長、很長的時間才走到這裡。不是因爲汐止那些開始產生的積水和泥濘，不想解釋，眞要逼自己說她知道自己一定又會哭，她不要人家看見，今天出門的時候她懷著萬分之一的機率的期待下，她更不要子維看見——她知道是自己多想了……萬分之一的可能她可以見子維一面，她更是不要子維看見她哭腫的眼。所以她的妝太濃！那麼濃的妝怕雨，她不想走了，可是她沒有地方可以去，每一個在雨中趕路的人，都有一個歸心似箭的地方。黑抹抹的世界，水的世界，天上的、和腳下的，她是夾在其中的一個正在褪掉顏色的愛哭鬼，她愈討厭做個愛哭鬼就哭得愈兇、哭得愈兇……

一直到一撮公車站牌前才突然停下來。

公車站牌前總是經常站著一群，不肯死心的人。

她加入他們。想著自己今天也是轉了好幾趟車才到這裡。她像很多的好女人那樣存錢，而且她還知道可以善用那些方式，讓自己一樣追著這個時代的流行，眞的省下很多的錢，很多好女人存錢都是爲了一種幸福的將來，不管每個人對將來的幸福是怎麼構想的，她想自己的和子維的，一切只要是他的她都關心的……不管她本來是怎麼想的現在都突然沒有了！

眼前又是一陣，新的濕熱。

她不想叫計程車。

幾十分鐘的車程裡，她沒有把握自己不會繼續是個招人嫌惡、或招人同情的鬼——兩種她都不想做。

明天開始她就不要再這樣了。

而究竟，究竟還有幾個明天呵……她等得夠久了。而明天，又究竟是一個全新的開始，還是距離子維下一次再回來，又少了一天呢？！只能煩死自己的問題。

一直到一輛紅色喜美車在她面前停下來。

是李大哥。

「妳怎麼還在這裡？都幾個小時了。」李大哥探出頭來說。

「噢！」她不知道自己在說什麼。

「我送妳出汐止吧！現在不好叫車。」

若美坐在車上。李大哥又說了什麼她其實沒有眞的聽見，她太專心在聽那些歌，這本來是子維的車，她對這台車的回憶，好多、好多，那些都是她最愛聽的歌，她究竟是太愛那些歌、還是太愛那些回憶，沒有必要解釋的，這世界，所有的沉淪都是無法解釋的……

「大哥，我可不可以拿回這張CD？」若美在下車的時候突然問李大哥。這世界獨獨的那一張，她和子維曾經一同聽見的。她知道他從今以後再不會跟他一起聽見的，這一張。她硬著頭皮、拚死也要要回來。

「謝謝大哥。」若美很努力地笑了一下，然後用力揮了一下手。

「對自己好一點呵！」

「嗯。」

然後一個人站在水裡，那是她一下車沒小心就踩進的一個水窪，後來她一直留在那裡，有好一會兒，細細、輕輕地，用一種奇特的音頻，哼著她從來沒有想過自己竟然也會那樣的，那首歌。

＊＊　　＊＊　　＊＊

AM1:03　台灣省　某一調頻廣播電台

「接下要爲大家播放的這首歌，叫做……噢！等一下，我們先播幾則跟停電有關的即時新聞好了。」說完小月就拿起助理剛剛拿進來的那張新聞稿。

「首先要告訴大家一則很可怕的新聞，就是有一間在停電夜照常營業的超市，剛剛傳出搶案，對於這種趁火打劫的行爲，本台表示譴責！並呼籲大家要發揮守望相助的精神，在停電夜更要注意居家安全；另外還有一則外電：國際保育團體鄭重呼籲印度政府當局，對於當地的一種瀕臨絕種的海豚——『盲海豚』，進行保育動作……」唸到這裡小月停了一下，繼續說：

「好奇怪的動物名字，應該是一種很稀有的海豚吧！大家有空去找一下資料，待會下節目小月也去查查，看看是不是眞的那麼稀有呢……」

馬上就又有一些Call in電話進來了。

「在這個突然停電的夜晚，大家有什麼事情要告訴大家呢？Hello！」

「喂！我男朋友剛剛跟我說要分手……」一個女人哽咽地說。

「噢，這樣啊。請問您怎麼稱呼？」

「敝姓羅。」

「羅小姐，這樣好不好。妳星期二晚上再打來，我們星期二有一個談情說愛的單元。因爲我們今天談的主題是『停電之夜』，好不好？妳星期二一定要再打來噢！」

小月一下子就把電話掛了。

「先來聽歌好了。這是我很喜歡的一首歌，應該也是很多人喜歡的歌噢！一起來聽聽這首：『寂寞的戀人啊』……」

然後小月點起一支菸。這世界的，戀人們，只要是曾經深深鏤刻過愛情的，這樣的歌詞和旋律，聽進耳朵裡，都很難不往心裡去吧……今天子維沒有打電話來，就算他打電話來，她也還沒有決定，要跟他，再在一起。

失去；和失而復得。這世界的事物，甜的永遠是後者。

除了愛情。

兩種，不都是一樣地不確定麼?!

也不知是幸運還是什麼，她兩種都遇見了——應該算是稀有吧！又也許，其實這個世界也有很多像她一樣，失去、又拾回來的，但卻都萬萬比不上那些從來都沒弄丟過的吧。

愛情，又為什麼永遠不能，只有一種純粹的單純和快樂呢?!

就好像剛才說的那個看不見的海豚，她到現在還是不太確定那是什麼。她只是想，當它和其他海豚一起游在大海裡的時候，別人知道它是瞎的嗎？而那些盲海豚們，又知道別人是看得見的嗎？小月突然被自己這些奇怪的念頭弄得很煩，然後低頭去找等一下要播的CD，卻又一下子抬起頭……

在那個世界裡，看不看得見，又有那麼重要嗎?!她自言自語地說。

空杯子

林怡翠

《空》

被以熟練的方法洗得發亮的喝水杯，在乾淨的餐桌上張口站著。

阿華也完全想不起來，從什麼時候開始，喜歡躲在黑暗中注視著空杯子。

她拿起茶壺把水灌進杯子裡，透明的水在狹窄的空間裡互相撞擊，許多微小的泡沫胡亂地繞，雖然不是海洋，杯子裡的水，還是享有那麼一下子的波濤洶湧。

她一口氣把水喝完，杯子一剎那又空了。

※

燈「啪！」的被打亮，阿華的老公黃從後院停好車子走了進來。房子裡弄得烏漆抹黑的幹什麼，他說，好像是每天回家必備的台詞，只是他從來沒眞的去弄清楚阿華幹嘛老躲在黑暗裡。

黃從一個紙箱子裡拿出一座駿馬的唐三彩，馬的兩隻前蹄高高地提起，好像在嘶叫般的姿態，他把牠擺放在電視櫃上，來來回回挪了幾次位置。

「我去過所有老闆級大人物的家裡，幾乎都有這麼一尊唐三彩，我們家當然也不能少。」黃自顧自地說，似乎沒有注意到阿華正把一尾鯧魚滑進熱油鍋裡，熱油爆滾的聲音掩蓋了整個屋子。

阿華一面在圍裙上擦著油膩的雙手，一面走出廚房，黃正在沙發上坐下來，隨手拿起行動電話，朝著電視猛按，媽的，遙控器又壞了，他想。「遙控器沒電了，去買兩顆三號電池。」他翹起腳來，回身對阿華說。

阿華突然衝向前去，奪過行動電話，用力的砸在地上，這是電話，你看不出來嗎？爲什麼你老是要拿電話去開電視，拿電視遙控器去開冷氣，拿冷氣的遙控器去開音響？你是故意要整我是不是？阿華彷彿用盡一輩子的嗓音嚷著，嚷著，在極度亢奮中，看見和她結婚超過二十年的黃，那對堆積滿油漬的眼鏡鏡片，正發出五彩的色光。

※

聽見阿華推開浴室門出來的同一時間，黃敏捷地把一本日本高中女生穿著制服的寫眞集塞進枕頭底下，他略略感到少女胴體所帶來的興奮感，應該足以應付等一下與老妻例行的房事。

阿華坐在床邊，對於一個向老公說一句「兒子今天晚上去露營了」就算是最大尺度暗示的女人來說，她從來不曾像今天一樣那麼渴望過行房，因爲她知道，她和黃之間就像是一個空杯子，不斷地等待被注滿，問題是杯子裡的水就算不被喝完，還是會一點一點的蒸發掉，直到再度空虛。報紙上的婦女專欄說，性愛是挽救中年夫妻的法寶，阿華心想總是要有姑且一試的勇氣。

黃挺起中年後異軍突起的啤酒肚，緩緩地進入阿華，她仍舊像死魚一樣任由他操弄。阿華感覺到一種乾澀的割鋸，既不會疼痛，也沒有快感，她覺得自己像是當家庭主婦的第一天，被她割開肚子拉出內臟的那隻魚，那隻魚有一張冷漠的臉。她覺得難堪極了，回頭看向牆上一幅仿雷諾瓦的少女畫像，那少女的紅潤臉色像是性交過後，而黃正幻想著和她的完美交易。

匆匆結束之後，黃呼呼地睡了下去。阿華覺得自己比之前更憂傷，甚至空過了一只黑暗中的空杯。她披上一件外衣，卻想不起來晚上八點半可以去什麼地方，也有二十幾年沒有在這個時候出門了呢。

她摸黑在兒子的房間抽屜裡翻找，兒子上大學以後吵著搬出去住已經有三個月了，「你搬出去媽媽怎麼辦？」那時阿華拉著兒子的行李，掉著眼淚說，兒子只是冷冷的說，不要把我當成你們的財產。財產？阿華怎麼想不通兒子是怎麼想的，兒子是唯一的男性，使她還能感覺出自己那種無私的愛。唸哲學的兒子還是離開他了，每一個她愛的男性，都給她一個冷漠的結局。

她曾經在打掃時看過一張酒館的名片。去看看兒子到底過怎樣的夜生活吧，阿華給自己找好了藉口，搖搖晃晃的在冷風中，坐上一部計程車。

夜晚的城市是如此的陌生，一幕一幕無情地從車窗外散去。車子經過市政府的廣場外，「又是演唱會，每次有活動就塞車。」司機抱怨著說。阿華好像看到許多年輕人，男男女女都和自己的兒子同一張臉，他們狂叫著，手中抓著螢光棒胡亂揮舞。

《杯》

位在巷口轉角的酒館，沒有確切的招牌透露身分，卻有兩面巨大的落地窗，透露裡面的一切言行。

阿華的座位在靠內側的牆邊，是一整排連在一起的軟墊椅子。她搜尋過所有如詩句一樣令人焦慮的飲料名稱，最後選擇了「蛋蜜汁」這種生活化的語言腔調。

桌子是水藍色透明的壓克力板，阿華慌張而枯燥地坐了一陣子，開始把一隻眼睛靠近喝水杯的杯口，透過搖盪不安的水、玻璃杯底和桌面，看到自己穿著的夾腳拖鞋上，一頭頭模糊的腳趾，這樣，就看不見那些灰白而粗硬的死皮了。

※

「小安，再買一杯酒請我。」

阿華的隔壁位子一直坐著一個年輕的長髮男子，她注意到他穿著一條和兒子一樣的深藍色Lee牛仔褲，和相似的Nike運動涼鞋。他們相連的椅子之間，突然擠進了一個染著金色頭髮的少女，她叫他小安。

妳不能再喝了，艾莉。小安的手指穿梭過她的金髮。我爲什麼不能喝？她嘟著嘴說，賭氣地把桌上的空杯子高高舉起，用力地鎮在桌上，發出巨響。不能喝酒，我就要跳舞。

她隨即站起來，在小安的面前，任性的旋轉起來。少女的金髮飛散，雙臂平張，她不斷在微光中原地轉圈，阿華看著她，像是看到一隻蝴蝶，在空中急速振翅的時候，所有的顏色都混雜在一起了。

※

阿華看著艾莉，一直以爲她會在衆人眼前飛起來，然後消失，可是每次定眼一看她都還在那裡轉著。

一定會消失的，阿華篤定地想。

突然間，她果然在阿華的視線內瞬間消失了，酒館裡的音樂嘎然而止，杯盤碰撞的聲音接連而來，不只是少女，眼前的一切都消失了，阿華只看到一片黑暗。

「停電了耶，小安，我們快走。」阿華在黑暗中感覺到有人抓住她的手臂，並拖著她往外面跑去。艾莉一面笑，一面抓著阿華沒命的跑。「停電萬歲！」她從背後抱住阿華，「小安萬歲！今天不用付酒錢了吧，還好我跑得快！」

阿華覺得自己應該開口表明自己不是小安，但是她卻只是一味的回頭，看見酒館裡已經亮起了蠟燭，酒客們仍像什麼都沒發生過地追逐宿醉，只是安靜極了，在城市街道濃濃的黑暗中，模擬一如往常的月光。

※

在光線中醒來的時候，阿華幾乎弄不清楚自己到底一夜睡在哪裡。她想起了停電的酒館，和金髮的艾莉。

艾莉一路把阿華拖進自己租來的套房，世界仍是沒有電的原始狀態，艾莉在阿華面前脫去所有的衣物，只是當時實在太暗了，阿華僅能看到一點點白色，像一尾敏捷的白魚，游泳在完全死透了的暗黑城市裡。

然後艾莉就睡著了，沒有說任何的話，除了幾聲宛如性愛中的呻吟。

※

現在的艾莉仍睡著，捲在棉被裡露出散亂的金髮。阿華知道自己闖下了大禍，結婚以後就不曾外宿的她，居然窩在年輕女孩的房間裡搖搖欲墜的單人沙發上睡了一夜。黃一定氣壞了吧，她想，有一點不安，還有一點報復的快感。

有多少個深夜，她一個人在家裡的沙發等待夜歸的黃帶著酒味回來，昨夜，黃必定體會了那種滋味吧，也許還報了警！阿華開始有些驕傲，還有一些說不清楚的天真浪漫。

她環顧艾莉的房間，桌上放著一碗沒吃完的泡麵，打翻的可樂罐，甚至還有扯了一地的保險套。阿華此時滿足極了，也許還有對艾莉的感謝，她開始哼著連續劇的主題曲，一面幫艾莉打理起房間，就像她二十幾年來在黃家所做的那樣有條不紊。

刷完廁所的地板，阿華一手撐著毛巾架，打直酸痛的腰站起來，床上的艾莉好像說了夢話，但是聽不清楚。阿華奇怪自己並不討厭這個金頭髮的少女，也不只是像自己女兒一樣的包容，也許是她在酒館的旋轉讓阿華想起了遙遠的青春，也或許是當整個城市的燈光不負責任地滅去時，艾莉正牽起她的手，讓她不害怕。

阿華擔心艾莉會突然醒來，看了她一眼當作告別，然後匆匆地掩門離開，而艾莉的鑰匙還插在門孔上。阿華突然有種心動的感覺，她向左右張望，迅速地拔起鑰匙塞進口袋裡，她想有一天能再回到這裡，這個給她一夜溫暖的地方。

離開時阿華才知道，艾莉的套房位在便利超商隔壁，一條髒髒小小的樓梯上面，牆上貼滿了搬家公司的廣告，還有許多徵一夜情的電話號碼。

※

阿華心滿意足地坐在客廳，在大大的標籤貼紙上寫好電視遙控器、冷氣遙控器、音響……，然後小心翼翼地一一貼好，黃就快下班回來了，她等著他向她大發脾氣，對她大叫：妳知道我有多擔心妳嗎？我找了妳一整個晚上，一整個晚上，妳明白嗎？

「對了！還有報警的事，他一定急得報警了。」她越想越振奮，迷失好久的幸福感又繞回來了，她想她該買一些水果去向找她一整夜的警察們致謝。

終於，黃在後院倒車入庫的聲音和汽油味瀰漫起來，阿華極力要表現得很平常，趕緊跑進廚房裡，切蔥花、熱鍋子。

黃甩著鑰匙叮咚作響，「可以吃飯沒啊？餓死了。」他朝廚房叫了一聲，便在沙發坐了下來，並隨手拿起無線電話對著電視螢幕猛按。

「阿華！三號電池到底買了沒啊？」他又叫了一聲。

她從廚房走出來，拿起貼著標籤的電視遙控器交給他，一面假裝若無其事地說，昨天停了一整夜的電。

是喔！黃隨口回應，並沒有看著他的妻子，電視裡年輕似花的新聞主播擦著桃紅色的口紅。

「你早上起床的時候，沒看到我。」

「妳不是早起去市場買菜了嗎？」黃還是目不轉睛地盯著電視。

阿華傻傻地站在那裡，她失蹤一整夜，而黃居然不知不覺？他不是應該報警的嗎？

她安靜地回身走去廚房，看見電視櫃上的唐三彩，那匹馬高舉的前蹄有些傲慢，而她卻不知道這是什麼時候多出來的玩意。她覺得自己和黃，是用不同的時間速率生活在同一個空間裡，他們經常只是錯身而過而已。

※

杯子仍在黑暗中張口站著，等著黏黏稠稠的夜色進來塡滿自己。

阿華和杯子對望以後覺得想哭，她想起酒館裡的艾莉，那麼任性地摔掉空的酒杯，而她自己爲什麼要日夜守住她和黃的這只空杯？她突然很希望身在那個酒館裡，至少停電時會有人在她旁邊。

還有艾莉的小套房，雖然那裡沒有人認識她，但是她卻像空氣一樣，如此理所當然的在每個角落飄蕩過。

《子》

接下來的日子阿華總是趁著黃一出門上班，就跟著後頭溜出去，她到艾莉套房樓下的騎樓，坐在摩托車上等艾莉出門，然後偷偷跑進她房裡替她整理打掃。這件事慢慢變成阿華生活的寄託，她享受在背著黃每天溜出門的復仇感裡，像是一種外遇，但是沒有任何感情的走私。

她每天暗地裡幫艾莉整理房間，彷彿自己對艾莉有了最全面的了解，例如她有三條Lee牛仔褲，一條仿冒的三本耀司，好吃日本札幌拉麵口味的泡麵，常用水果口味的保險套這等事。阿華漸漸地把她當成自己唯一的朋友，雖然她們從來就不曾眞正接觸過。

接下來，阿華甚至無可救藥地，夜裡趁黃熟睡時，偷偷到酒館外面，看著艾莉的一舉一動，直到天亮。

※

阿華在酒館的落地窗外，張望不到艾莉的影子，她開始有些不安。會不會是病了？出了什麼事？還是不來了？此時的阿華害怕失去艾莉，就像積木城堡，害怕被抽走最下面一塊一樣。

「妳在找我嗎？」

有人從阿華的背後，拍了她的肩。她急急忙忙回頭，竟看見艾莉展著阿華不曾見過的健康笑容，好端端的站在街燈底下。

阿華想辯稱自己並不是在找她，卻不知爲何開口說了「妳怎麼知道？」

「我怎麼會不知道，我的鑰匙不見了，有人天天幫我打掃房間，有人天天在酒吧外面盯著我看，妳說呢？」艾莉發現了所有的秘密，卻沒有一點生氣的樣子，「進來吧！我請妳喝酒。向來可是只有男人請我喝酒，我沒請過人喔！」

艾莉看阿華沒有一點動靜，便走向前去挽住她的手臂，就像停電那一夜一樣。

※

「妳到底想從我身上得到什麼？男人們爲了我的肉體，可是我不知道妳爲什麼要做這些事，妳也想和我睡覺嗎？」

阿華看著艾莉手上的三角形高腳酒杯一點一點地變空，她卻說不出任何話來，爲了享受背叛黃的感覺，因爲對她熟悉得像朋友一樣，甚至產生依賴，這種理由她會信嗎？

「前一陣子大停電……。」阿華的話沒有說完。

「對啊，大停電，刺激極了！每次停電，妳都在做什麼啊？」

阿華把酒一口喝掉，放下一只空杯。

「除了害怕，什麼都不做。」她說。

※

艾莉洗完澡出來，正要圍上浴巾的時候，家裡的電器突然像約好似的一同熄火，尤其是天花板上的吊燈，像眨眼睛一樣，閃了幾下以後，越來越微弱，直到完全熄滅。

又是該死的停電。艾莉只好一手捉著浴巾，一手摸黑，光著身子在小小的房間裡尋找手電筒，卻怎麼找都找不著，時間越久，她開始覺得冷，甚至害怕。

她聽見有人開門進來，不禁覺得緊張，便躡手躡腳地退到牆角，然而，適應了黑暗的眼睛卻看見人影不斷地向自己逼近，甚至接近得可以聽見彼此的呼吸聲。

唰的一聲，一根火柴在她們之間亮了起來，彷彿是沒有縫隙的黑暗，頓時被刺破了。於是，阿華舉著蠟燭站在艾莉面前，兩個人看到對方那種狼狽的樣子，竟相視而笑了。

「前一陣子大停電，妳給我溫暖，讓我第一次在停電中不害怕，今天……我想還妳一次。」阿華說。燭火晃動中，她終於看清楚了艾莉的裸體，比她想像中的還要白，還要青春。

艾莉走向前去，呼地吹滅了蠟燭，在黑暗中抱住了阿華，她吻了她，然後，帶領著她，理所當然的做愛。阿華在高潮時，不小心尖叫出聲音來，以前她以爲只有情婦和妓女才會這樣，自己也不免覺得羞澀起來。

※

「那……小安怎麼辦？」阿華想問的是她們的關係演變至此，那她的老公、艾莉的男朋友怎麼辦？

「小安？我們早就沒往來了，我只是喜歡他的深藍色Lee牛仔褲而已。」她用手指彈著菸盒，一根香菸跳了出來。

阿華無言地拉起棉被遮住自己鬆弛的小腹時，艾莉的打火機正好燃起，阿華趁光看見桌上擺著一尊駿馬的唐三彩，「那是什麼？」她激動地叫了來出來。

「唐三彩啊！」打火機靠近嘴上的菸，艾莉含糊地說，「那是一個酒吧認識的哲學系學生白天拿來送我的，他還說什麼……眞是個奇怪的世界，明明是現代用模子造的，還要弄得一副歷盡滄桑的樣子，什麼都可以仿冒，連歲月的痕跡也可以盜版。有趣的是那也是個深藍色Lee牛仔褲男孩呢！」

艾莉吐出第一口煙，阿華覺得暈眩起來。

她突然明白了自己，永遠是那個守著空杯子的女人，而艾莉將會無所謂的一再更換手中的杯子……。

站在我身邊STAND BY ME

陳國偉

※

洋子心想，這又將是一個寂寞的夜晚了。

她收拾桌上的東西，走出辦公室，穿越每天出入必經的紫藤石徑，在青銅花鏤大門前，等待回家的公車。

「妳眞的決定不和我們一起去？」

提問的是她最要好的同事仳蘿。

「不了。」洋子口氣略帶抱歉地說，「今天不知怎麼特別地累，我想回家休息。」

「那也好，妳回家好好睡個覺吧，如果要找我，妳知道我會在哪裡。」

看著仳蘿走進地下道，洋子呼了一口氣，有種解脫的感覺，自從她孤身一人之後，仳蘿就是她最好的朋友，但不知爲什麼，在她面前洋子就是覺得無法放鬆，正確地說應該是，洋子在任何人面前都無法放鬆。

除了他之外。

※

洋子將茶几布置好，放上一大盤從巷口「滷香世家」買來的滷味，從冰箱中拿出還剩一半的梅酒，倒進青瓷杯中，換上一身舒服的睡衣，躺臥在沙發椅中，一口一口啜飲著瑩黃色的梅酒，她喜歡這樣的濃度，讓人有些飄飄然，但又不會嗆烈。

她打開電視機，轉換著一個又一個頻道，不知該看什麼，她既不想看血腥暴力的新聞，也不想看灑狗血的催淚連續劇，更不想看販賣低級趣味的綜藝節目，她只好轉到電影台，但都是她不喜歡的劇情類型。

戰爭片。轉台，

警匪動作片。轉台，

西部片。轉台，

播到第二爛的鐵達尼號。轉台，

播到第一爛的威龍闖天關。轉台……

最後她只好轉到日本台，結果都是各式各樣的愛情故事，劇情讓她沮喪到關上電視。

別人的愛情故事，在虛幻的情節中得到幸福，像是各式各樣的咒語及宗教，只要勤勞唸誦幸福就觸手可及，也像是幸福就在7-11裡24小時販售，永保5度C新鮮，永遠存在。

洋子突然非常非常的寂寞，覺得寒冷從腳底沿著血管竄上胸臆，狠狠地將杯中的酒一口氣喝完。

自從洋子隻身到城市來工作之後，她已經很久沒有這樣的感覺了。從小她生長在鄉下，整個成長的歷程都在鄉下完成，連大學也位在家的旁邊，所以對於她來說，離家是無法想像的經驗。但因為她學的是植物，在鄉下找不到什麼好工作，經過老師的推薦，到了城市裡的植物園作基因改良的研究員，但早在離家前的一星期，她就已經開始夜不成眠。

或許是緣分注定吧，她和藍儂成了樓友，分租一層公寓的左右兩側套房，各自有一個門出入，但中間又有一個公共活動的客廳及餐廳，客廳外側有一個陽台，擺放洗衣機及烘衣機。一開始她還很害怕，畢竟獨居又加上和一個陌生男子同處一個屋簷下，剛搬進去的那幾夜，她眼睛直盯著那早已經反覆數十次確定鎖上的房門，卻無法安心入眠，無形中也對藍儂存有一份畏懼感。

直到藍儂的一句玩笑，她才開始對他有了好感。

那是個星期天的早晨，洋子在客廳碰到也要洗衣服的藍儂，兩人互看了一眼，洋子本來低頭提著洗好的衣服就要鑽回她的房間，卻聽到藍儂叫住了她。

「妳不會是在動物園工作吧？」

聽到這句話，洋子遲疑了一下，她抬起頭來看了藍儂一眼，搖搖頭。

藍儂微笑了一聲，「我還以為妳在動物園扮熊貓勒！」

洋子臉突然紅了起來，快步跑回房間。只聽到藍儂在後面急著說：「哎！我只是開開玩笑……」

進了房間的洋子，其實也不明白為什麼自己會有這樣的反應，畢竟她不是沒談過戀愛害怕男性的小女生，不過當她把頭抬起來，剛好看到鏡子裡自己的兩大團黑眼圈之後，就不禁狂笑了起來。

「我真的可以扮熊貓耶～」

不知為什麼，也許是大笑後讓她鬆懈了下來，洋子那晚睡得特別好，第二天起來碰到在客廳看NBA的藍儂，還跟他說了聲謝謝。

從那次之後，兩人的關係愈來愈親密，藍儂常常擔任導遊帶她到處逛，讓她熟悉這個城市，後來進展突飛猛進，變成了情侶關係。

與藍儂相處的時光，對她來說是一個完全新的體驗，他和她在鄉下認識的那些男孩不同，她也曾經在大學和其中幾個短暫交往，但他們總有一種說不出來的拘謹，有帶著一種呆笨的遲緩，和藍儂的開朗熱情完全不同，漸漸的，她全身上下籠罩著藍儂，藍儂的氣味，藍儂的笑聲，藍儂的影子，藍儂說過的一字一句，最後，他們交換了內心深處最軟、最需要被保護、最私密的空間，在對方體內，交換了開啓空間的鑰匙，烙印了自己的體液。

每天每夜，都是藍儂陪伴著洋子，除了上班的時間外，他們兩個人無時無刻不膩在一起，日復一日，他們都發現，對方和自己有多麼地相像。

第一次是他們一同去書店，洋子要購買一些工作上需要的書籍，等到洋子結完帳，她想藍儂是學電腦的，應該會在電腦叢書區，結果在那個樓層她遍尋不著，最後竟然在文學類發現藍儂的身影，而且還是蹲在翻譯小說的專櫃前面，非常專心地閱讀著馬奎斯的《愛在戰火蔓延時》，洋子又驚又喜，竟呆呆地望著藍儂。

「妳怎麼啦，都買齊了嗎？」藍儂闔上書本，放回木質書架上。

「沒想到你也喜歡馬奎斯？」

「嗯，很喜歡，第一次看的是他的《預知死亡紀事》，覺得非常迷人，後來就到書店一本本地找來看。」

後來他們就在STARBUCKS暢快地討論了一整個白天，錯過了午飯也錯過了晚餐，只是一杯又一杯的美式咖啡接著喝，最後回家失眠了一整晚。

但對於洋子而言，這是既興奮又甜蜜的經驗，讓她覺得兩個人的心中又多了一扇窗被打開。

他們的共通點不只是如此，巧合到令人咋舌。像是他們都偏好茶色的衣服，喜歡喝美式咖啡，只加半包糖但不要奶精，對任何茶類過敏，一喝就氣喘不已，不喜歡吃任何根莖類蔬菜，特別愛吃西瓜，尤其是黃色的小玉西瓜，因爲吃紅色西瓜讓他們覺得自己像吸血鬼，只要吃完一樣東西就要拿牙線剔牙，但不喜歡刷牙，喜歡聽西洋音樂，特別是60到70年代的搖滾樂。

洋子不明白，既然他們兩個那麼相像，爲什麼還無法得到幸福。

※

也許是酒喝多了，洋子竟昏昏睡去，等到她醒過來，已經是兩個鐘頭以後的事了。

她把音響打開，隨手放進一張CD，抒情而柔和的節奏，讓她直覺這是一張NEW AGE音樂。

她走進浴室，準備好好泡一個澡，在煙霧瀰漫、水聲隆隆之間，她聽到微微的「喀」一聲。

那樣的聲音她自是習慣的，每次藍儂總在她泡澡的時候回來，所以他只好用鑰匙開門進來，但現在藍儂已經不會回來了，是誰會來開門呢？

洋子心想她可能聽錯了，大門根本就是鎖死的，她準備脫下衣服，這時她又聽到一個微弱但清脆的聲音。

「啪！」

她趕緊拿起身邊的馬桶刷，心想還是看看的好，她緩緩的移動到浴室門口，悄悄的往外探頭，客廳裡沒有異狀，她到處察看，房間、廚房、陽台，大門上仍是鎖死的狀態，她想自己是多慮了，回到浴室咕嚕一聲就沉到浴缸裡去了。

她邊泡邊加入熱水，使得整個浴室煙霧瀰漫的，她聽到CD唱盤喀吡的聲音，不知不覺已唱完一片了，沒想到她也洗了好一段時間，過了幾分鐘，她站起身來，走出浴缸。

她披著浴袍出來，沒想到音樂仍在播放著，她覺得有些奇怪，她這組音響只是單片式的唱盤，而且她記得她沒有設定重複播放，怎麼又會再唱一遍呢？更讓她覺得怪的是，現在正在播放的正是那首她曾經最愛，但現在又最不願意聽到的歌曲。

John Lennon演唱的〈Stand By Me〉。

這是他們最甜蜜的回憶，那時候他們剛陷入熱戀，有一次他們到電影院看王家衛的《重慶森林》，散場正要走出門時，從音響喇叭中突然放出了一個熟悉的男聲，略帶沙啞卻十分有磁性，慵懶的嗓音吟唱著民謠風的曲子，兩人的眼睛突然亮了起來，不約而同的看向聲音放出的方向。

那是John Lennon所唱的〈Stand By Me〉，洋子興奮的望向藍儂，披頭四本來就是洋子最喜歡的一個歌手，而其中她尤其喜歡John Lennon。

「這本來是John Lennon寫給Ben E. King唱的，沒想到在這裡聽到他自己演唱的版本。」

洋子驚訝的看著藍儂，「你知道這首歌？」

「披頭四是我最喜歡的樂團，靈魂人物John Lennon我怎麼會不清楚。」藍儂的聲音聽來反而覺得洋子大驚小怪。

「我以前怎麼沒聽你說過？而且，也沒聽你放過他們的CD啊？」洋子不甘示弱的說。

「最近都忙著陪妳啊！……而且……，因爲他們都算是老樂團，我怕妳不能接受。」

結果他們兩個在戲院廳門口談得一發不可收拾，直到戲院工作人員提醒他們下一場即將開始，他們才想起應該要離開了。

在車上，洋子若有所思的問起藍儂：「剛剛那是什麼歌啊？」

※

此後，不論什麼時刻，他們都會讓John Lennon的音樂洋溢在他們所存在的空氣裡，而他們最常聽的是披頭四解散後John Lennon單飛的作品，尤其是他們做愛的時候，絕不會忘記John Lennon的存在。

有一次，洋子被藍儂弄得嬌喘連連，生平第一次登上了高潮，結束之後，她摟著汗涔涔的藍儂，輕敲著他的二頭肌，羞怯地問道：

「你，你剛剛怎麼會這樣……」

「我也不知道，剛剛好像是聽到Lennon唱〈Cold Turkey〉，他唱的聲音聽起來很像在叫床，搞得我不知道爲什麼特別的興奮，然後就……就……」

洋子微笑的看著藍儂，用食指拭去藍儂額上的汗水，撥開他已經汗濕的髮際，輕吻他的眼睛。

「這幸福的時刻，……要是我們能永遠這樣就好了。」洋子柔聲地說出這樣的話。

藍儂突然頑皮地擠了擠洋子的鼻子，然後說：

「我可沒有辦法永遠都每秒轉20000下啊！」

洋子的臉倏然紅了起來，紅潮一直蔓延到脖子和耳際。

「我不是說那個啦！不跟你講了。」洋子的臉紅得像蘋果，轉過身去，準備下床。

藍儂突然緊緊抱住洋子的身軀，本來披在洋子身上的被單滑落下來，洋子本能性的抓著藍儂的雙手，只聽到藍儂說：

「以後，我就叫妳洋子好嗎？」

只聽到洋子回答：

「以後，我就叫你藍儂好嗎？」

那個時候，洋子還不叫洋子，藍儂也不叫藍儂，這些都不是他們本來的名字，在藍儂喚她的那一刻，洋子已經知道，這是他們私密的契約方式，只有他們兩個知道的密語，只允許彼此開啓心靈的秘密鑰匙。他們和一般的披頭四迷不同，他們異常的支持小野洋子，他們不覺得John Lennon娶她是一種墮落，他們都認爲那是一種人生的昇華，完滿，英文的說法是：She makes him complete.在他們結合的那刻，Lennon的生命得到了完整。

當然，他們也希望彼此能像他們一樣忠於自己，信守眞愛而幸福，也正因爲如此，在相互呼喚的過程中，不斷複誦彼此約定的誓言。

然而他們並沒有得到祝福，反而像是那名字有著詛咒，藍儂和洋子，最後注定要分離。

※

洋子想，她一定是酒喝多了。

可能在昏昏沉沉之中，她下意識的把John Lennon的CD拿出來放了。

下意識的。那麼，她的確在潛意識中仍在思念著藍儂。

半年過去了，她和藍儂分離已經半年了，她以爲那樣的分手都已經平復了，沒想到，她還放不下。也正因爲這樣，所以她放了那張CD。

她正準備把CD拿出來，突然門鈴就響了，她走到門口準備開門，卻聽到對講機裡傳來聲音說：「對不起，我們在測試電力，所以可能會有電壓不穩的情況。」

她突然覺得客廳裡冷了些，她關上窗戶，轉回房間裡多套了件線衫，雖然已經進入春天，但夜晚天氣仍是有些冷。

但當她回到客廳，這時候，突然「啵」一聲，客廳漆黑一片。

洋子心想，不會是試電力，結果搞到整棟樓跳電吧。

她探頭看看窗外，發現外面也是漆黑一片，她心想，可能眞的是停電了，她到廚房拿了蠟燭，點燃放在桌上，正當她要坐下來，卻隱約聽到了熟悉的歌曲。

那歌詞的內容洋子再也熟悉不過了，她也無法忘記，在這首歌的見證下，她和藍儂的約定。

正是那首〈Stand By Me〉，同樣的情景，同樣的氣氛，只是人不一樣了。那時候，也剛好是停電的夜晚，她和藍儂依偎在沙發裡，看著滿天的星光，洋子突然坐起身來，說出這樣的話：

「我們就這樣永遠在一起，好嗎？」

藍儂也坐起身來，語氣堅定的說：「我一定會永遠在妳身邊保護妳的。」

在極爲模糊的光影中，洋子雖看不清藍儂的臉龐，卻感受到他堅定的眼神，她微笑地又躺下身來，突然哼起歌來：

When the night has come
And the land is dark
And the moon is the only light we'll see

No I won't be afraid
I won't be afraid
Just as long as you stand
Stand by me

So darling darling
Stand by me oh stand by me
Oh stand stand by me
Stand by me

「當黑夜來臨，大地陷入黑暗之中，而我們只能看到月光的時候。但我並不害怕，並不害怕，因爲我知道你會站在我身邊，站在我身邊。」

藍儂也跟著她哼起來，在那漆黑的夜裡，他們定下了重要的約定。

※

想到這裡，洋子不禁難過了起來，因爲最後這個誓言仍是作廢了，藍儂走了，放下她一個人走了，半年前的那場突如其來的絕症，將他帶離她的生命，也帶走了他的誓言，他現在究竟在哪裡呢？洋子不禁想像著，又是一個漆黑的夜，以前，總有藍儂陪伴，如今呢？

想到這裡，洋子突然想到，現在是停電，如何會聽到John Lennon唱的〈Stand By Me〉呢？難道電力已經來了嗎？她再走到窗邊探看，外面仍是漆黑一片，可能是有人用電池聽音樂吧，洋子心想。

但不知爲何，洋子覺得那個音樂愈來愈近，愈來愈近，而且她覺得好像就在自己身邊，但自己並沒有能播放音樂的東西啓動著，到底這聲音來自何處呢？

後來，她只聽到那句「Stand by me」、「Stand by me」不斷地在黑暗的空氣中重複著，而且她幾乎能夠確定，就是在她的房間裡。

更讓她開始覺得駭異的是，那不是John Lenoon的聲音，而是藍儂的聲音，她快動作的拿起電視機上的手電筒，俐落的打開房門，手電筒的光線在房內逡巡著，什麼都沒有。

——剛剛那是幻覺嗎？是嗎？難道是藍儂眞的依照我們的約定，回來陪我了。

想到這裡，洋子突然興奮了起來。

她突然對著房間大喊：藍儂！藍儂！是你嗎？藍儂！……

突然呼一陣風，把窗戶吹得嘎嘎作響。

洋子轉頭看向窗外，發現好像有一個影子從窗外閃過。

她趕緊走到窗旁，往外一看，結果，只是對面的人家在陽台上走動。

——到底是不是藍儂？如果是的話，他爲什麼不出來見我。爲什麼？

——但他已經死了啊！我親眼看著他的身軀被埋入土中，爲什麼剛走的那陣子他不回來，現在才回來呢？

——難道是他知道這樣的停電夜我會孤單害怕，所以他守約回來了？

——但他已經死了，死了，死了……

洋子的內心混亂交雜著，她的理智一直告訴她這是不可能的，不該胡思亂想，但在她心底深處，卻好像那樣的潛意識，希望藍儂能陪著她。

——如果他回來，他已經是鬼了啊，是鬼……是鬼……

想起自己平時害怕的鬼，洋子的心思更混亂了。

「鈴……鈴……」

電話聲大作，將正在胡思亂想的洋子拉回現實。

洋子定了定神，拿起手邊點燃的蠟燭，緩緩地移到電話邊，深怕微弱的火光會不慎弄熄。

接起電話，只聽到那頭傳來急促的聲音。

「喂……喂……洋子嗎？喂……喂……」

原來是伈蘿，洋子不自覺地呼了一口氣。

「什麼事？」

「妳還好吧？莫名其妙的停電了，妳那邊有沒有怎樣？」

「還好，沒什麼事。」

「那就好，妳知道嗎？我本來還以為只有我們這個社區，沒想到我走出家門，發現外面整個世界都漆黑一片，差點沒嚇死我。而且……」

伈蘿激動的在電話那頭叨絮著，洋子的思緒卻又開始飄忽起來，她的眼神一直往窗外搜尋，剛剛……剛剛到底是不是她的幻覺？

洋子曾經聽說過，人在思緒過於專注時，往往會幻聽或是產生幻覺，以為自己聽到，或是看到正在想念的對象。

——我一定是因為太思念藍儂了。

洋子心裡一直疑問著，但她也知道這是個無解的難題。

「喂……喂……洋子妳有在聽嗎？」

「嗯～」

「洋子妳還好吧！聲音怎麼聽起來怪怪的？妳要不要過來我這裡啊！這樣好了，要不要我去接妳。」

「不用了，我自己坐車過去。」

洋子的理智告訴她，不能再放任自己胡思亂想下去了，還是到伈蘿那兒去好了。

她拿了手電筒，隨手帶了件外套，拿出鑰匙，準備鎖上大門。

一陣冷風突然颳過她的身側，她不禁打了一股寒顫，套上外套，沿著逃生梯走下公寓。

她想起剛剛在新聞裡聽到晚上附近正在舉行一個演唱會，應該會比較好叫車，反正很近，走幾步就到了。

轉出巷子，她看到不遠處有許多螢光棒在揮動著，還有許多人唱和的聲音，她往那邊走去，不久，就招到一部計程車。

上車的那一剎那，她心底突然冒出一個想法：

「就算藍儂變成了鬼，但他還是藍儂，還是我的藍儂啊！」

她坐上車子，正要開口交代去處時，聽到司機先生很禮貌的問：

「請問兩位要到哪？」

洋子看著後照鏡裡司機探問的眼神，轉過頭去看著她身邊，眼裡充滿著些許的驚恐，卻忍不住流下淚來。

市中心

一則新聞報導：
市中心的某大型遊樂場，因爲停電，
造成數十名遊客被困在摩天輪裡，
其餘遊樂設施的人群已疏散，
目前工作人員正全面幫助摩天輪上的人們脫困……

果核戀人

孫梓評

一個小小的房間，唯一亮著的是一盞及膝的矮燈，還有他的眼神。

他的眼神與他的文字頗爲接近，露骨中帶著曖昧。她不喜歡有暗示性的眼神，但是擺在眼前的即是一場露骨的性。他躺在床上，乳白色床單略盡心意地遮住已微微隆起的下體，大半張臉都被暗影佔據。她伸出手，撫摸他的胸膛，一個四十八歲男人的胸膛連溫度都帶著年紀。她微微嗅著他即將老去的身體，聞見一股隱約的不安。她不敢判斷，是否這即是衰老的前兆？如同這世界所昭告每一個人的。只有地球會繼續年輕，因爲歷史本身是一個逆轉、順轉相繼相循的圓。

然而，她試著習慣在不能抵抗的年紀中編織故事，或者其他。他的手，粗魯地剝開她的襯衣與胸罩，露出碩大的乳房，他像孩子般貪婪地吸吮著。她順手揭起床單，讓他全身赤裸呈現，微光之中，他的眼神仍然過於明亮，她索性閉上雙眼，讓兩個人的身體自行找到合適的語言，黑暗的房間忽然無比喧譁，是他急促的呼吸聲透露了心內秘密，動作與頻率加大，哦，哦，我要來了。她緩慢而優雅地將自己的身體抽離，他滾燙的體液大半落在自己的小腹上。

離開他獨棟的屋子，時正黃昏。

早春的風迎面吹來有一種奇怪的、說不上來的哀愁滋味。她習慣性地繞到露天市場上去買幾個蘋果，富士小蘋果佯裝天真無知的豔紅，總引她想起婚外情裡三個人的糾纏。長長的歷史在翻頁，她不願去走與別人相似的故事舊路，然而眼前這條路真的就是自己想要的嗎？

每天，在公司裡和幾個年齡相仿的女子做著程度相仿的工作，整理永遠也沒有頭緒的資料，打著永遠也打不完的報表，進行永遠沒有效率的會議。微笑用完的時候，她改以一種思考的表情代替。蘋果吃完剩下果核（她是連皮都吃掉的），她無法想像當自己的人生被時間啃蝕殆盡，還會剩下什麼。她所知道的是，某一天不知從什麼報章雜誌上看到的一句學者的話：大多數的人，過的都不是自己想要的人生。她沒有想過自己要的是什麼人生。

就像蘋果吃完了就丟垃圾筒，如此簡單、輕鬆。

不加班的夜晚，欲望來的時候，她以單身女子、姣好之姿上網蒐尋，找一個男人的體溫過一晚。螢幕亮開啪啪啪地下載出長長一串，密密麻麻的文字下附著照片一張。「讓我的無敵大炮給你一個滿足的夜晚。」「新好男人，新世紀做愛秘技大公開！」「徵一夜情，你情我願，你爽我爽。」她瞇著眼睛看那些想像力貧乏的文字，無法帶她到遠方，甚至離不開此地。照片上，要不就是內褲裡撐著勃起的男器，要不就是聚焦在鍛鍊有素的昂然胸肌。她忽然笑了起來，這是一個多麼井然有序的世界，欲望與被欲望，征服與被征服，脫下衣服的世界和穿著衣服的世界有何不同？

床，不是她的戰場，是她的魔毯，她需要起飛。

直到，她找到最沉默的一個，基本資料上只留著一行手機號碼。她想，這就是了。他留著小平頭，不算年輕，眼神銳利但溫柔，雙唇薄薄地抿著像是有說不出口的秘密，照片上看起來，倒像在等一個可以同行一段的伴侶，不必非得地久天長的那一種。

下班後她和學生時代的朋友共進晚餐，吃完飯又興致很好地去唱KTV。夜色闌珊了，才去赴他的約。地點很直接，愛的賓館十一樓，脫下衣服就要真槍實彈的那一種。她到的時候，他已經來了。衣著整齊地臨窗看夜景。她看不出這個灰撲撲的城有什麼好看的風景，要不就是暗淡的霓虹，要不就是庸俗的男身，要不就是如她一般欲望的女體。故意張著嘴裡的酒臭味離他很近很近地問：等很久了？他安靜沒說話，奇怪的是也並未如三級片電影情節那樣點著菸，空氣中除了她的酒氣，彷彿荷花一瓣一瓣、秘密綻開地她竟聞到自一九八八年後再沒有聞過的氣味，那是她的高中時代，賃居在南方古都小閣樓上，日日清洗自己身體的沐浴乳味道。

身體裡的嗅覺系統忽然找到舊日知心，她撐持不住哇拉一聲吐了，挾著兩行乾淨的眼淚，好像不斷分泌而出的體液可以洗滌那個被時間玷污的自己。

男人扶不住她，任她吐了一地，並不溫柔撫慰，微暗色調的空間裡兩個人的影子好像剪下來一樣擱著，總會過去的，多好多壞的場景總會過去的，這樣的一幕並未被紀錄成難堪。她勉強起身到浴室裡把穢物和身體洗乾淨。出來，晾著濕了大半的髮，髮梢猶滴著顫抖的水滴，她撲向他，這一次他不拒絕，把鑲著好聞香味的身體獻出，在愛的賓館的十一樓的窗內，爲這個城市製造別人的風景。

她在他健康有彈性的肉體上想念青春。

曾經，她每天把自己梳洗乾淨，爲了鄰座的一個男孩子。她清楚地記得，他好看的直的叛逆的髮，他指甲上的粉紅色翻閱數學課本的姿勢，他穿軍訓制服英氣挺拔的樣子，他打電話給她，在考完聯考那一夜，唱了當時大家都愛的那首英文歌。她記得自己是如何癡心不死地在大賣場中，一罐一罐地試每一種沐浴乳的香味，執著要找出屬於他的品牌。

氣味是一種隱形的複製，她立即在現在的他身上影印出當年的他的樣子。她雙頰緋紅地想起，那樣年輕的他，在夏日紛亂悶熱的夜，如何以相同的粉紅色指甲，穿越英挺的軍訓制服，抵達比欲望還飽滿的青春下體，在快慢不一的手指律動中，可曾飄過一絲她的影子？氣味是一種悲傷的複製，她好激動地咬住他的肩，留下一排獸的齒印，當作是性欲的門牌；或者，沿路丟擲以誌標記的古老石子，在記憶的烏托邦中，若有一天彼此想回頭找尋，至少不會一無所有。

她終於懂得：氣味太容易出現，也太容易失蹤。離開愛的賓館後，她寫了一整夜的信，卻沒有一個地址可以寄出。

這是她目前最大的難題，蘋果吃完了可以丟進垃圾筒；但是，當她不慎開啓愛情的輪廓之後，將會到達一個怎樣的核心呢？

在沒有能力自問自答之前，她繼續以身體找答案。

前一天，在一夜情網站上找的，自稱是「好奇寶寶」的小男生。兩人約了看電影，好純情地吃完速食炸雞，走進黑暗的戲院中看戲。她遇見知己般地聽見螢幕上女主角對男主角說，「你只有在隔桌對坐時才愛我。」

她馬上就發現了，氣味是一種距離，也是一種拒絕。時光逆流，場景拉回多年前，一個翹課的午後。被課業壓彎了脊背的青春已經負荷不了，年少的他和年少的她在美術教室頂樓，偷一點陽光的暖和。氣壓壓得很低，下不下雨都有一點涼。她直直地望著他，一張有著美好五官的臉，從不曾出現在她夢裡，雖則她總是很虔誠地秉持著日有所思、夜有所夢的好青年準則。想得越多、失去越多，她的夢裡往往無意外是一片空白。鈍鈍的空白，每次早晨怔忡醒來，悵惘無比，好像一隻手撈過河水，掌中無魚水空流。但她已經決定了，當課堂上紙飛機以對角線飛過三個同班同學，降落在他的桌上。她約他下午翹課，他來了。她想像自己就是一隻沒有目的地的紙飛機，飛過了頭，進不了他的空港。但她仍要說，清了清嗓子，要對他說：我喜歡你。

美術教室緊鄰著學校最外圍的牆，在牆之外，是小村人家，養著雞鴨鵝群。熟爛的陽光慢吞吞地照射，蒸起禽類的排洩物味道，在空氣裡，忽地瀰漫開來。她深呼一口氣，忽地聞見依舊是他身上好聞的沐浴乳香味，摻雜在鄉間的異味中如同她最後可以依憑的線索，她小心翼翼地過濾著，要蒸餾出一個純粹的他。他卻拿沉默當答案。頂樓荒簡的水泥天台上，忽地，漾成了與夢中一式一樣的空白。她從此不勇敢。

她拿「好奇寶寶」與他比較，時光順流，她硬是多了他十年。「好奇寶寶」太中性，過長的上了髮雕的髮（她多麼懷念他的直的叛逆的髮），指甲上有黑人靈魂樂花紋的彩繪（她多麼懷念他的指甲上的淡淡粉紅色），可男可女的牛仔垮褲裝（她多麼懷念他穿軍訓制服英氣挺拔的樣子）；唯一可以算得上巧合的，大約是「好奇寶寶」與當年的他所擁有的，永不褪流行的，青春。

「是的，我只有在隔桌對坐時才愛你。」這也許是，多年前他欠她的回答。不是不能愛，也不是不願意愛。而是必須有距離地愛，遠遠地，才感覺出安全。然而她已把那沉默聽成拒絕。

散場後走在夜闇的人行道上，四周的建築物散發疲憊的光。「好奇寶寶」意猶未盡地問：去哪玩？她下意識地眨了眨睫毛，無可無不可地嘟著嘴，沒說話。兩個人都悶著，索性坐在行道樹旁的矮墩上，她拿出解悶用的富士小蘋果，分他一顆。空氣中響起清脆的咬聲。去遊樂園吧，他邊吃蘋果邊說。好啊，她邊吃蘋果邊回答。這是四月，她想像越過一面大洋的遙遠彼岸大陸，再過不久，氣溫推回，整個威拿契河畔的農場裡，一株株的蘋果樹綻出白色粉嫩純潔的花朵，那或許就是愛情綻開的聲音？

「好奇寶寶」毫不害羞地牽起她的手，走在城市的夜裡。地鐵高高地穿越城市的樓層之間，穿越衆人的故事。他眼光灼灼地望著她。她忽然覺得熱。拿話問他：你知道十四世紀之前，在法國有一種蘋果就叫做「樂園」？

「好奇寶寶」說，我只知道亞當和夏娃吃了蘋果就被趕出樂園了。都是蛇害的，我討厭蛇。

她笑了，捏捏他的臉，傻瓜。他的眼光燙傷了她，笑容還是無懈可擊的。地鐵大大地繞了一個彎，透過窗口看出去，遠方，遊樂園的龐大摩天輪靜靜地旋轉著，向外伸張的鋼架上亮著一閃一閃的燈，每一次都不同的圖案。襯著濃暗的夜色，竟像是一朵邪惡而美麗的花。

等一會要坐旋轉木馬、雲霄飛車、摩天輪。「好奇寶寶」一樣一樣地數著，換了代幣。還爲她買一頂「彩虹帽」帶在頭上，表示他們是戀人。（朋友是「藍天帽」、親子家庭是「森林帽」、師生同遊是「黑板帽」。）有一瞬間，她煽情地相信那一秒，她願意，就這樣把自己交出去，和他一起活完新的世紀。

隨著他一樣一樣地變換不同的遊樂器材，驚覺自從一九八八年之後，再沒來過遊樂園。那年夏天，她和同班同學一起去聽演唱會，悶熱洶湧的人潮擠散了她們，她獨自拎著包包，一把紀念紙扇，沿著城市的水平路線前行，無意間，就走到了遊樂園。那一回，一口氣把原先儲了好些年的記憶都兌換成代幣，一站是悲傷，一站是悲傷，啊，她的一九八八。

旋轉木馬、雲霄飛車、咖啡杯、碰碰車，終於，等到了摩天輪。紅橙黃綠的四色籠子中，他與她登上其中一個，門被關上，只剩兩個人。（像一張床，在故事的最後，只剩兩個人？）起飛前，遊樂園架設好攝影機，在摩天輪的下方，為每一對遊客拍照留念。喀嚓！他與她的笑臉。慢慢上升的速度中，「好奇寶寶」突然對她說：我聽說很多情人都跑來坐摩天輪，然後就利用轉一圈三十分鐘的時間，在城市的上空做愛耶。

她微笑、沉默，心想：這是邀約嗎？

倘若，床，果真不是她的戰場，而是她的魔毯。她已經起飛了。往下俯瞰，逐漸縮小的城市模型，似假似真地承載了生活其中的人們的欲望與哀愁。「好奇寶寶」緩緩地擁住了她，她聞見他身上並不熟悉的香水味，很想知道剛洗過澡、未被任何香水品牌註記的他，是什麼味道？摩天輪繼續上升，再上升，他將她的手握住，去碰觸垮褲裡已然勃起的男性，她第一次意識到，「好奇寶寶」是個成人，不是孩子了。他的身體，如雷陣雨中早熟的蘋果，經過一次冷，再歷經一回熱，便迫不及待要被品嚐成熟與否。閃閃發光的摩天輪鋼身旁，她可以感覺到，他的舌尖伸出，舐著她頸間的銀鍊，彷彿也間接試探了她的肉身：要或不要？

一個迎面而來的吻還來不及降落，四周突然暗去，摩天輪喀拉一聲，像一隻再也不想犁地的牛般，停了。唯一亮著的，除了斜掛在天上的上弦月（其實她無法分辨），還有他的眼神。他的吻，夾雜著荒亂的故事現場配音：「停電啦、停電啦」、「怎麼會這樣？」「怎麼辦怎麼辦」……，混雜不一地出現；她彷彿聽見滿園尖叫驚呼此起彼落，摩天輪上傳來斷斷續續的哭泣聲，工作人員用廣播器安撫的人工叫喊，像是誰拿著一枝停不下來的攪拌器，把所有的聲音畫面都攪糊了。只有他的吻無比眞實，那是他的初吻。

於是，有兩組幻想同時發生：

他想像這一場停電將會很久很久，消防隊的雲梯永遠也不會來，場面繼續保持混亂，這樣，可以掩飾他的經驗不足。遠方，他似乎可以看見一條細緩但永恆的河流穿過了盆地的邊口，一如他已發源的青春。四月的黑暗中，兩個人的鼻息裡，他褪下自己身上所有的衣物，露出年輕單薄的身軀。她的指尖逗弄他粉紅色的乳頭，那向來是他的敏感區域，他止不住躁進地把自己放進她體內，哦，她是那樣深邃，如同無法窺盡的黑，就要將他吞噬了。沉淪的醉意中，他忍不住讓自己陷得更深、更深……。

另一組想像，在她的腦中，漣漪般擴大。時間的魔毯，載著她起飛，旋轉，經過螺旋狀被削開來的記憶果皮，啃食完的愛情果肉無法給予答案，那麼，她願意回溯。上溯到蘋果尚未誕生的八千萬年前，一朵生存於歐亞陸塊上，五枚白色花瓣的小花。而後，時間與地理不斷分裂、遷徙，許久許久，經過梅樹的八對染色體和繡線菊的九對染色體結合，才有了第一顆青春之果。而她，像是從那麼久之前就開始跋涉，在肉體與肉體間流浪，何時才會明白，答案根本不存在。

或者，有一天，她會不需要答案？

並沒有果核戀人喔，她輕輕對自己說。四月的黑暗中，城市上空吹著晴朗的風，她伸手解開身上的胸罩，迎接他濕潤深情的舔舐。並沒有果核戀人喔，他邊含住她的乳尖，邊學著她說。電，還是沒來。

分手的那夜未曾來電

歐陽林

電，還是沒來。

男人淺嚐著女人硬要爲他點的Manhattan，酒精的苦味，刺激直入心底。

這一杯在黑暗中只能隨便搖一搖便匆匆上桌的飲料，仍叫價新台幣四百元。

男人不能理解，這一間如今只剩下蠟燭，沒有燈光，沒有音樂，更沒情調的地方，仍然可以繼續叫著PUB，同時按照PUB的水準收費。

「你有沒有很高興，我在這麼黑的夜裡，出來陪你？」女人說。

「可是，剛才是你叫我出來陪你的啊！」男人回答，再喝一口，不想多言。

女人假裝沒聽見，一頭栽進男人的胸口，幸福的做小鳥依人。

男人的胸肌結實堅硬，那是每天做四十個伏地挺身的結果。女人每次靠近，總是情不自禁的伸出手揉搓著那起伏的曲線，再深深的吸一口氣。

但胸壁裡的心情，今天眞的很低。

男人環顧四周，昏暗，吵雜。有人，卻看不見。沒有空調，只感覺到一片烏煙瘴氣。

這種鬼地方，這時候，仍然叫PUB！

※

廁所裡，自動沖水器不能感應。水沖不出來，再有水準的人解完小便，都靜靜的離去。

PUB裡的人，在洗手台上插了兩根白蠟燭，仍以爲，這樣的氣氛很高級。

男人轉開水龍頭，拼命將快要掉下去的水，往臉上潑。人多，溫度高，四月天的夜晚，臉很少這麼油膩。他不喜歡油膩的感覺，更不喜歡女人將一個星期只洗兩次的頭髮，貼在他油膩的臉上，那味道很奇怪。

這是什麼味道？很久了！好像認識時就有了，只是最近才對這味道有反感的反應。那不是汗，也不是香水，好像是女人頭皮散發出來的體味。多少次，他想要問她：你用什麼牌子的洗髮精？但一直說不出口。

你看，我連她用什麼牌子的洗髮精都不知道，我們怎麼配稱是情侶？

無法想像，一個月前，還可以抱著她，親吻她的頭髮，叫她Baby！

※

電，還是沒來。

男人向櫃台裡的人說，給我換一杯礦泉水吧！我快脫水了！

「礦泉水」三個字惹到女人了——你神經病！到PUB怎麼可以喝礦泉水，要喝水回家喝就好了，來這裡是要喝酒享受氣氛享受音樂享受情調……

對不起，你說的這三個東西，現在都沒有！

男人將椅子向左轉了十五度，讓女人不能輕易的靠到他的臉。

女人原本想要靠過去的頭，撲了個空，假裝彎個腰，又抬起來，喝了一口她最引以為傲的Manhattan，連鎖的想起了許多別人惹到她的事情……

你知道嗎？那個Kiki，竟然說我用公司的郵票寄私人的信，哼！那個小賤人，我明天倒要去問問我們主任，嘿！主任，你說說看，什麼叫著私人的信？我幫公司寄卡片跟顧客打交道聯絡感情，這算不算私人的信？

還有！那個Tony下個星期要結婚了，天啊！他竟然還寄了張喜帖過來炸我，你說說看，我怎麼甘心被他炸，半年前跟他吵架時，我恨不得將他捏碎，怎麼還有可能去跟他道喜。如果眞的去，嘻！我一定要捏一捏那女人的下巴，叫說：噢！長得還挺不錯的嘛！你說，你說，這樣好不好笑？嘿，你的水不要喝這麼快好不好，兩百塊一瓶，我都說過，要喝水回家喝就……

「我送你回家好了！」男人將椅子轉過來。

※

自己之前是用什麼肚量來包容這一個女人？男人著實不明白。

女人自己也承認說：我好像有很多缺點！

男人竟然笑笑說：怎麼會呢！

在那時，所有不舒服的感覺，其實都只有一點點。

但這一點點，就像癌細胞突變一樣，細胞數目每天以幾何級數放大，等到有一天大到被人發現時，除非動手術切除，不然，無藥可癒。

電，還是沒來！愛情面臨突變危機。

男人在黑暗中招著計程車，女人緊抓住他的脖子，癡迷不捨。

「我盡量請假看看，這一個春假，我們一起到東京去玩好不好？」

「我想，那時，我應該會……。」

「啊！你眞的太好了！謝謝你！我好喜歡你！每次我要什麼你都答應！」女人強行在男人的脖子上印了一個唇印，匆匆上車，車門「碰」的一聲關緊，女人在車窗內不斷揮手，揚長而去。

男人後面那句：「很忙才對！」根本沒有說的機會。

※

沒有新聞，不知停電的原因。

所有的店面，都拉下鐵門，停止營業。

男人心底只想唱一首成長時常聽的歌曲——想起初相見，似地轉天旋，當意念改變，如過眼雲煙……。感覺消失得眞快，感情要退燒，和要發熱一樣，無可制止。感覺不再時，每一分鐘，都是多餘。

走過三條街，只有一間靠著燭光仍然開著的咖啡店。光線暗到看不到招牌，但門外那一張：「停電，咖啡九折。」卻很明顯。這才有點商業道德！男人忽然好想喝一杯MACCHIATO，想要大口含下浮在咖啡上面的奶泡，於是就在燭光中，他付了四十五元。

咖啡和酒，如今，他寧可相信咖啡。

就像愛情和他，他不再相信愛情。

如果連見面前的潛伏期也計算在內，這一次，有兩個半月，眞的，已經是最久的愛情了。之前最短的，只有兩點五天。男人是女人第十三任男朋友，女人是男人第十二任女友，只差一任，說穿了，誰都不吃虧。

男人喝著咖啡，惆悵，腦子裡開始浮現分手宣言。

是的，我了解你的感受，但是，感情的路，如果眞走不下去，我想，分開對我們來說，未嘗不是一種學習，我們都在學習中成長，在成長中體驗快樂和悲傷。請不要沮喪，沒有我的日子，你一定可以很快的站起來。相信我吧！分手之後，我們一定會有更好的未來！

這一套以「學習」理論爲基礎的官方宣言，不知道適不適用於她。

手機忽然響起！液晶螢幕上，顯示的是女人家的電話，在黑暗中，刺痛了男人乾澀的眼睛。

「喂，你現在在哪裡？」

嗯，在咖啡店。我還沒回去。

「我現在已經到家了，忽然又好想你，你今晚，要不要到我這裡來？我其實，很想見你……」

不是剛剛才見過嗎？現在過去，嗯……我想……

「啊，你眞好！每次我的要求，你都答應，我好高興。」

「……」

「我等一下在客廳等你，我算一下，你到的時間應該是……」

不要再騙自己了！好嗎？你其實已經感覺到了！對不對？

「……」

我想，我們，分手，好嗎？

※

女人的屋子裡，男人像一棵大樹一樣，佇立。

打從進來之後，當女人撲上前去抱住他後，他就沒有動過。

女人，像蛇一樣的將他捲住，用比以往更大的力氣，吮吸著他的脖子，幾乎就要把他吸進自己的身體裡。

房子只有一片地震後的黑暗，連一點燭光都沒有。

男人心底知道，女人家裡不會有預備停電用的蠟燭，以她的性格來推。而如果有，那是她有預謀，要做燭光晚餐。

只有對面大樓不知從哪裡得到電力的半死燈光，越過馬路，從窗外照進來，落地，照不到女人的臉。這樣更好，宣言可以唸得比較順暢。

惜緣，你知道什麼是惜緣嗎？它的意思是，只要曾經是朋友，永遠都會是朋友，因爲，緣分得來非常不容易，要分外珍惜。所以，我們雖然不再是情侶，但你也不必太傷心，因爲我們隨時都可以保持聯絡，就像我跟我以前那些女朋友一樣，我們至今，仍然有連繫。

這是「緣分說」，曾用在第九任女友身上，那時，她感動得痛哭流涕。（但她前天打電話來，說生意快倒，請他當銀貸擔保人，男人忽然後悔，用這理論要冒一點險。）

同樣的宣言，也曾用在第五任女友，男人後來在寂寞的夜裡主動找她喝酒，她說：「對不起，我的男朋友快來了，他很會吃醋，我必須要趕快離開這裡……」這裡是她的家，她竟然說她要趕快離開這裡？男人只好告退。

所以，所謂隨時聯絡，其實沒有多大意義！

※

電，還是沒來。

分手宣言唸完了，分手的儀式，接近尾聲！

按照分手公式，收尾的話，要急轉直下，變得很感性。

女人只是吮吸，男人將話繼續說下去。

既然說好分手了，等一下，我想，我會去趕最後一班捷運，我回我家睡，而你也在這裡好好的睡一覺，等明天，當太陽從東邊升起來時，你會發現，我們的新生活眞的開始了！沒有我的日子，你還可以很好的活下去……

女人吸得更用力，強黏住男人的脖子，不肯放。

男人輕輕的將她推開，又聞到了她頭髮的味道。

「你是平時是用什麼牌子的洗髮精？」他終於忍不住的問了！

女人在擤了一下鼻涕，黑暗中看著他，不願出聲。

男人隱約看到她臉上的淚水，但沒有用手去擦。觀顧四周，房子的陳設依稀看得見。自己有兩件衣服，放在最角落的衣櫃裡，有兩張CD，夾插在左手邊音響上的整理盒內。浴室裡有一支是他的牙刷，旁邊放著的那條牙膏，是他買來的。這些東西，算了，光線太暗，整理起來太不方便，就不帶走了。

「你要考慮清楚，你如果眞要跟我分手，我以後將不會再讓你碰我的身體，不再接你的電話，不要再陪你喝酒，只要三天的時間，就能徹徹底底的將你忘記，見面都不會再打招呼，你要有心理準備，你會失去很多東西。你如果要反悔，現在還來得及！」

男人心底苦笑，這女人，仍然執迷！

明天，明天我把你家的鑰匙，寄還給你，好好保重你自己，沒有我的日子，相信我，你一定可以很好的活下去！再見了！

※

台北捷運，在緊急照明的燈中，也停擺了！

沒有最後一班車，男人站在月台邊，想著一個半月前，當女人不小心扭傷了腳，他漏夜趕搭最後一班捷運過來，足足陪了她三天的時間，忽然流出眼淚，痛恨愛情消失得如此徹底！

悲傷的薄荷糖

高岱君

許久不見的妳，站在開啓的門前，對我打招呼。
我看著，淡淡的笑意掩住所有的歡喜：「進來吧。」
我側身讓妳過，再闔上門，然後轉身看妳。
剛剛，突然接到妳的電話：「學弟，幫忙一下，可不可以借用你的浴室？」
「浴室……」剎那，我有些轉不過來，因爲久違的妳，因爲浴室的探詢。
「哦，我剛搬到這附近，第四臺都裝好了，結果忘記申請瓦斯，所以……」
「來吧，如果不嫌棄的話。」我在電話的這端說。
直到門鈴響起瞬間，所有的忐忑不安，才飛向天際。
「好冷。」妳從提袋裡拎出一罐熱咖啡：「謝謝拔刀相助。」
「會失眠的。」我接過。
「失眠好啊，衆人皆睡你獨醒。」妳坐進沙發，搥著手臂：「累死了，整理一大堆東西。」

「怎麼不打電話給我？」

「不是打了嗎？衣服都脫光了才知道沒有熱水。」

「也沒告訴我妳要搬來這裡？」

「還好我想到你好像住在這附近。」妳站起身：「不介意用你的沐浴乳吧？」

「我用洗碗精……」

「沒關係，會起泡泡就好。」

我打開浴室的燈，告訴妳左邊是熱水右邊是冷水，還有會起泡泡的洗碗精。

等妳扣上門，我回到剛剛的音樂裡面，可是，淅瀝嘩啦的水聲卻漸漸撩起一陣又一陣的風，幾乎讓我騰空。

我看著紅著眼眶的妳，心疼得什麼話都說不出口。

「我要坐這個。」妳指著那彎來繞去，像一尾黑蟒，巨大而詭譎的雲霄飛車。

「我們可以去坐摩天輪。」我以爲緩緩的逃離會對妳比較好。

「你可以不用陪我。」妳還是堅持。

後來，列車開始啓動，我聽見呼嘯的風聲和越來越急促的心跳聲，混化成的廣袤的野蠻，洶湧而來。

我轉頭看妳，絕然的姿態是我不曾見過。

突然，我們從懸崖的臨界失足跌落，我緊緊抓住護欄，緊緊閉起眼睛，然而即使風聲急速撕裂，我卻清楚聽見妳尖叫聲裡的哀傷。

妳用盡氣力吼著，悲痛在風中哀哀哭泣，我也哭了，在心裡面，妳不曾察覺的地方。

「請你吃糖。」

上課上到一半的時候，突然有人拍我的肩膀，我轉頭看，是一顆天空藍的薄荷糖和一枚陌生的微笑。

「謝謝。」我接過，然後回頭，繼續抄筆記。

那是我剛進來這間學校的第七天，陌生的環境，陌生的同學，陌生的一切。

「有沒有人說你很酷？」

第十一天，有個女孩坐來我身邊。

「會嗎？」我不好意思笑了笑，在全新的世界，微笑是最安全的姿態。

「我是你學姐。」

「眞的？」我還是只會傻笑：「學姐好。」

看著妳的眼睛，那兩汪深潭，波光粼粼。

「你知道嗎？我們家族終於後繼有人了。」

「家族？」我不明白。

「就是四個年級同座號的人搞成一家子的意思，我學姐閉關去準備研究所了，我學妹開學沒多久就休學了，還好你進來，不然我都只能跟自己家聚。」

等到更熟稔以後，我才知道妳不只是我的學姐，還是那顆薄荷糖的主人。

「糖都吃了，還敢忘記是誰給的？」

「那時候搞不清楚狀況，老師在上面，我又剛來……可是妳怎麼會坐在我後面？」

「被當啊，笨蛋。」

門開了，昏黃裡的氤氳，妳從迷霧中走出，掙開盤起的髮，如瀑而下。

「還好有你的熱水。謝謝」妳坐來我身邊。

「不客氣。」我聞到習以爲常的味道，卻已經不一樣。

「我看看，」妳側著頭看我，上下打量一番：「有沒有吃飯啊？好像比以前瘦。」

「薪水都吃光了。」

「嘿！」妳像是發現新大陸，興奮地從電話旁揀起一顆天空藍的薄荷糖，甜甜的剝開來吃：「薄荷糖呢，還記不記得……」

我當然記得，我從來就沒忘記。

「喂！」突然有人擋我的去路，我抬頭，看見妳。

和看見妳的一隻手在別人的掌心裡。

「幹嘛老低著頭走路，地上有金塊嗎？喏，我學弟。剛轉進來的。」妳指著我對那人說。

「我男朋友。」妳指著那人對我說。

「嗨。」我們同時對彼此說。

「對了，上次老師有沒有點名？」

「第一個就是妳。」

「他到底要當我幾次啊？拜託。」妳有些不以爲然。

「好歹去露個臉吧。」

「是，學弟教訓的是。」妳笑嘻嘻地從口袋裡掏出薄荷糖來：「給你一點打賞。」

「又來了。」妳的男朋友說：「哪有人嗜薄荷糖嗜成那樣？」

我揣著妳相見歡的薄荷糖，看著你們親暱的背影，不明白那突然湧上心頭的感覺究竟是什麼。

晚上，我把薄荷糖放進口中，冰涼的氣味瞬間襲來，波濤洶湧，如潮起落。這是妳給我的第二顆薄荷糖，卻拍亂了整個黑夜。

我沒有告訴妳後來我也去找了一模一樣的薄荷糖，和妳陸續給我的一起放在口袋裡，就像我還是很安份守己地當妳唯一的家族成員和負責抄筆記的學弟。只是偶爾，在妳男朋友沒空時當妳的備位男人；只是偶爾，到處尋找翹課翹到雲深不知處的妳；只是偶爾，從口袋掏出一顆假裝忘記吃的薄荷糖給妳。

薄荷糖變成了一種糖語，標誌著青春的情愫，璨動的秘密。

「已經好久沒吃到這種薄荷糖了，當初迷得跟什麼一樣，還強迫你一起分享，好像也沒問過你到底喜不喜歡？」妳端詳著撕開的包裝紙。

我端詳著妳。

曾經，也是這樣，在顛簸的公車上，我看著望向窗外的妳。

只有我和妳和司機三個人的公車，寂寞地在燥熱的午后前行，引擎，煞車，呼吸，一切都很規律的運轉。只是，整個車廂彷彿被一種龐然的未知冷冷地罩住，我止不住地顫慄，即使，車廂外面燠熱難耐，即使，那是一個沒有空調的車廂。

第一節下課後我在門外遇見妳，正想掏出一顆忘記的薄荷糖時，妳淡淡地說，妳懷孕了。

我的手停在口袋的出口，我的微笑凝結在空氣中，歡喜的薄荷糖從指尖滑落。

「陪我出去走走吧。」

不知道爲什麼，我連一句安慰妳的話都找不到，只有陪著妳，離開喧囂漫天的灰色城市，來到這座靜謐致極的遊樂場。

我一直以爲遊樂場是快樂的，至少，可以製造快樂，然而此刻，人群寥落的所在，卻讓我害怕不已。

因爲我找不到入口，進入妳的冷靜異常。

直到雲霄飛車急劇俯衝、轉彎、騰空的瞬間，妳才讓我看見妳的脆弱。

「陪我去把孩子拿掉。」

第三圈剛開始的時候，妳靜靜地說。

「他有什麼打算？」

妳看著前方：「不相干了。」

眞的，不相干了，回去以後，那些我陪著妳的時候，那些我獨自行走在校園的時候，我再也沒看見他出現過。當我扶著妳從暗巷裡的婦產科走出時，妳蒼白的面容讓我好心疼。

「嚇到你了吧，跟鬼一樣。」妳自嘲著。

也許，妳發覺我倏忽而過的怔忡。

「我不喜歡妳說那樣的話。」

「是，學弟教訓的是。」

「我可不可以不要只當妳的學弟？」

妳聽著，我等著，在彼此最靠近的時候。

只是，沒有星星的夜幕，探照不出妳眼裡的瀲灩，也確定不了幸福的方向。

我們陷入沉默，好久好久，一直持續到妳住的地方，才被打破。

「我比較喜歡當你的學姐。」妳笑笑的。

終究，我們回到原來的位置，光波水影，卻是，咫尺天涯。

我也笑笑的，沒有再爲難妳，因爲已經太多餘。可是我沒有離開，因爲我是妳家族裡的唯一成員。

後來，我找到了那個人，然而當他只說怎麼知道那是他的以後，我靜默了。這就是妳愛過的那個人嗎？那個總讓我湧起莫名情緒的人。

「好了，我要回去了，瓦斯再過三天應該就會來。」妳收拾東西起身。

「我陪妳回去。」

「沒關係，我不會迷路的。」

「就是怕妳迷路。」

我穿上外套，鎖上門，拎著妳的衣袋，堅持送妳回家。在冰涼的夜裡，我們並肩走著，如同曾經那些，和妳一起散步的時光。

一直到妳畢業，我們的距離還是一樣，沒有更近也沒有更遠，剛剛好的關心，剛剛好的角度，沒有任何未經許可的愛情，涉入。

唯獨，只有和妳散步的時候，我才能單獨擁有和妳一樣的方向，也才能從不經意的指尖觸碰之間，攔截妳的溫度。

最後，妳停在大樓裡的電梯門前：「上面還沒整理好，所以……」

「怕我忍不住幫妳整理啊？」

妳笑著，沒有回答。

「幾樓？」
「七樓。」
「好吧，上去吧。」我把衣袋遞還給妳。
妳接過：「謝謝。明天可能還是要麻煩你。」
「妳來一百天也沒有關係。」
電梯門開了，當妳走進剎那，莫名的慌張忽然擾亂了刻意的寧靜，我對著妳的背影說：「我沒有忘記……」
「妳的薄荷糖。」終於，我把踰越絆倒在喉嚨。
妳點頭：「謝謝，趕快回去，明天見。」
我看著電梯門闔上，看著數字燈一格一格的爬升，然後靜止在七樓。
妳的電梯停住了，我的混亂斂翼了。
我沿著來時路回到自己的住處，閱讀著剛剛妳來過的風景，即使只多了一紙薄荷糖的包裝，整個空間卻已經不一樣。
因爲妳遺留的氣味，是最美麗的證據。
我轉開音樂，捻熄所有的燈光，趁著月色，坐在妳剛才坐過的地方，細細溫習那些停格在我心裡面的畫面。我拿了一顆薄荷糖給自己，就像妳一樣。

妳畢業以後，繁忙的工作有意無意地劃開我和妳之間，我再也不能像從前一樣自私而執意的待在妳身邊。然後，當我畢業了，當兵、就業，就如同妳一般，陌生的步履開始悄悄滲透，只有偶爾的電話，客套地提醒著彼此曾經擁有的繫連。

記憶，往事，再也追不回的流金歲月。

或許這樣的距離是被刻意造成的，不在同一個世界，就不會有割捨不下的懸念；不在同一個方向，就可以發覺更多的可能。

因爲我只能是妳的學弟，而妳，比較喜歡當我的學姐。

突然，刺耳的電話鈴劃破寂靜的一切，在執起話筒瞬間，我突然升起一種盼望，盼望是先前那通電話的續延。

「你在幹嘛？」是阿如的聲音。

我從雲端跌回地面：「沒幹嘛，在聽音樂。妳呢？」

「媽媽問我們什麼時候要去看餅？」

「都好。妳找時間吧。」

「怎麼了？聽起來很沒精神，想睡啦？」

「大概是沒看見妳。」

「那你要好好把握這段時間喔，因爲以後就會看膩了。」

「我才不會。」

「不會？喂，要是我看你看到膩怎麼辦？」

「我想想……那我一定要在妳面前晃來晃去，不只看到膩，還會讓妳吐出來。」

「好啦，髒鬼。」阿如在電話那端咯咯的笑：「就後天吧，明天晚上再打給你。」

「嗯。」

覆上阿如的電話以後，我打開燈，放下薄荷糖，走回現實裡面。

我承認，當我第一次在銀行看見阿如的時候，我刻意地和別人交換了號碼牌，爲的就是和她說話。

因爲在她身上，完全找不到妳的影子，眼神，微笑，髮絲，氣味，所有極細微的地方，沒有一絲相似的線索。

我迫不及待地和她談戀愛了。那些我不能對妳說的話，都送給她了；而不能對妳表達的情感，也都給她了。我很認真的生活在自己的軌道裡，並且努力地擺脫所有關於妳的記憶。

可是我不明白爲什麼天空藍的薄荷糖，卻仍固執存在。

阿如問過我爲什麼那樣嗜吃薄荷糖，而且堅持同一個廠牌。我笑笑的沒有回答，因爲我也不知道答案究竟是什麼。

第二天，我很早就醒來，因爲這個晚上妳也會來。

我泡了一杯快樂的咖啡，烤了兩片美好的吐司，和煎了一顆幸福的荷包蛋。等吃完早餐後，就開始整理環境。

「這就是你住的地方啊！」曾經，當妳第一次踏進我房間時顯得很詫異。

「有什麼奇怪嗎？」我四下尋找任何不對勁的地方。

「我以爲男生的房間都像是那種被轟炸過的，我男朋友就是。」

「我只是不喜歡亂丟東西。」

「這樣看來，還好你沒去過我住的地方，不然眞的會很丟臉。」

「很慘嗎？好吧，就看在妳請我吃薄荷糖的分上，我可以去妳那邊當一天的菲傭，而且不會笑出來。」

妳想了想：「那乾脆放一把火燒了會比較快。」

我沒有忘記妳對自己房間下評語時的神情，沒有忘記後來妳拿電湯匙和鋼杯說要煮美味泡麵時的姿態。

一切，都是那樣，鮮明如昔。

在越來越靠近的時間，我再也無法專心做自己的事，我轉著電視頻道，我翻閱每一本雜誌，我換上一片片CD，我繞著屋內走來走去，我找不到任何安置自己最適當方式，因爲妳即將前來。

忽然，眼前所有會發亮的光點，都在無頭緒的焦灼中，瞬間熄滅。

我闖進沒有邊際的黑暗裡面。

停電了。

窗外，除了隱約的月光，只看得見對邊人家的熒熒燭火和閃爍的人影。

我找出打火機，焦急地看著表，我害怕妳會剛好陷在電梯裡面，於是趕緊一層層的下樓拍打電梯門，貼著耳殼搜尋任何可能會有的聲音。

直到一樓，我才鬆了一口氣，幸好妳還沒來。

可是妳會不會迷失在路上？或者，孤單守在住的地方？

我沿著昨天的記憶，快步奔走在闃黑的巷弄裡，借著月光檢視每一張擦身的臉龐。

我不要妳一個人，我不要妳害怕。

天空藍的薄荷糖，哭泣的雲霄飛車，蒼白的婦產科，笑容裡的拒絕……所有的過往都在黑暗中，異常清晰。

我終於明白薄荷糖爲什麼不肯離去的秘密。

因爲在拼命遺忘之餘，心底仍殘留著不捨；因爲還在等待將來，妳有可能的應允；因爲只是把妳藏著，卻不曾眞正抹去。

原來我沒有忘記過妳，即使妳不要我的愛情，即使我們只能保持固定的距離，我還是沒有忘記。

我氣喘噓噓的停在妳的門外，正準備敲門時，裡邊卻傳來了嘻鬧的聲音，女人，還有男人。

我深吸一口氣，輕輕敲了門。

「誰呀？」是妳的聲音。

「是我。」

門開了，是捧著燭光的妳，和一個陌生的男人。

「怎麼來了？」剛剛的愉悅還逗留在妳的唇邊。

「停電……妳一個人……我擔心……所以……」

不知道是因爲跑得太急，還是因爲妳身後的男人，我的話說得斷斷續續。

「謝謝，一切都平安，幸好他下午就來了，」妳轉頭對男人說：「跟你介紹，這是我大學學弟，就住這附近，昨天就是去他家借浴室的，很糗吧。」

然後妳指著他對我說：「我男朋友。」

「嗨。」我們同時對彼此說。

「要不要進來……好吧，那就等整理好再請你過來……回去要小心哦……等一下，學弟……先跟你說，大概在今年秋天的時候，我們要結婚了。你一定要來……」

上弦月冷冷地斜睨著這個似乎墜入黑洞的城市，我安安靜靜的行走在黑暗的邊緣，突然，在前面不遠的地方，有一個坐窗邊哭泣的男孩，他的眼淚，沿著月光的縫隙，緩緩從面頰跌落。

我更靠近一些，才發現那個悲傷的男孩，竟是年少的，自己。

北區

一則新聞報導：

城北郊區一家大型量販店因停電，
許多顧客趁黑挾帶商品離店，
店家緊急防堵離去人潮。
由於當時客人超過上百人，此舉引發顧客的不滿，
雙方造成嚴重衝突……

停電之夜愛情故事

味覺遺失

詹雅蘭

當愛離開的那天，涼紅失去了味覺。

她住在城市北方一處郊區，附近唯一比較醒目的地標，就是一家大型量販店。曾經，每一天晚上下班後，她和廚師男友總是牽著手，逛進量販店裡的超市，那時候，廚師男友會準備好一份新擬的MENU，讓涼紅選擇當日晚餐。

「我想吃鳳梨排骨。」涼紅想了想。

「很抱歉，本店是西式餐飲，無法供應中式料理。」廚師男友一臉正經。

「可是……我今天經過一家川菜館，看到熱呼呼的鳳梨殼燉煮著糖醋排骨，一整天都忘不了。」她老實的說。

「嗯……」廚師男友噘起嘴沉思一會：「那種東西，我『可能』不會煮。」

不會就不會，什麼叫「可能不會煮」？涼紅知道男友從來就不會直接承認，自己也有不拿手的事，尤其是和「吃」扯上關係，莫名的自尊心就會揚起。

但涼紅覺得這樣的他，挺可愛的。

「沒關係，那我再點其他的。」每天晚上涼紅都覺得，自己好像到了某家餐廳，套餐A賣完了，只好另點套餐B。

「這樣好了，鳳梨蜜汁肋排，幾乎是一模一樣的吧。」廚師男友果然扳回自己的專業顏面。

「好啊！聽起來很不錯。」她笑嘻嘻的說。

涼紅至今都還記得，廚師男友奮力與鳳梨搏鬥的認眞表情。那晚，從廚房裡到餐桌上，瀰漫著一股濃濃的香氣。

原來，以「吃」來作爲記憶竟是如此殘忍的事，這是廚師男友走後，涼紅才明白的道理。

超市裡的食物何其多，究竟有哪一種可以幫她恢復味覺的呢？每個晚上，她獨自一人試圖尋找著。

她走到了彩色的水果區，一個戴著淺褐色鏡片的男孩，正專心地擺放一箱箱剛拆封的橘子。橘子的味道啊！她想了想，記得約莫是酸甜的口感，當那層透明薄膜被咬開了之後，會有泉般的水流量迸出來，塡滿整個口腔，潤濕整個舌頭。

但她明白，這一切只是大腦的印象描述，她的舌頭，其實什麼也不記得。

涼紅站在這堆橘子前發呆。

戴著淺褐色鏡片的男孩轉過頭，對著涼紅微笑：「這一群橘子很甜唷！」

「爲什麼是一群，不是一批或一堆？」涼紅覺得他的說法眞奇怪。

「因爲它們有自己的個性，像人一樣，如果不快樂，就會變酸。所以說，每一顆酸橘子，其實都有個悲慘的童年。」淺咖啡色鏡片男孩，開心解說。

涼紅悄悄的打量他，看到他胸前工作證上的名字：袁古力。

「聽起來，你好像很了解它們。」涼紅帶著開玩笑的口吻。

「那當然了，橘子是我的最愛。」沒想到他竟認眞的回答。

衝著他這一句話，以及滿滿的自信，涼紅買下一袋橘子回家。

她一個人走在通往社區的步道上，剝開手上的橘皮，刺激的汁液令她鼻子微微發癢，卻也提振起精神。塞了一口橘肉進嘴裡，涼紅緩緩地嚼著，閉起眼睛，嚼著。

「如果是甜的，就會是顆幸福的橘子。」她希望自己這次能嚐得出來。

仰著頭，仔細品嚐橘子的她停住了，一陣酸楚在她口腔裡蔓延開來。涼紅忍不住流下眼淚，不是橘子的緣故，是她忽然感到無比的心酸。

「連橘子的幸福都無法辨識的人，還有什麼資格擁有幸福。」她生著自己的氣。

男友就這麼無緣無故地消失，涼紅之後想起，竟發現自己對他的家庭、背景，幾乎一無所知，那段相處的時間裡，她只懂得享受著兩人世界。

糊塗得可以！

晚風讓人感到微微寒意，涼紅看著剩下的三顆橘子，如果一切都如那個叫古力的男孩所說，橘子像人一般，它們一定感到十分挫折。

每天，涼紅照例逛著超市，才剛走進去，前方那個男孩都會主動的和她打招呼，有時候他正排起一盒盒草莓，有時才剛彎下腰搬東西，卻在她踏進大門的那一刻，抬起頭來，對著涼紅方向望去。

她點了點頭，轉進販售餅干糖果的零食區。

一對情侶從她身邊走過，女人偎在男人臂膀上，看到鮮奇的東西就尖聲嚷著：

「啊！你看，好有趣喔！」

女人太過刻意的聲調，讓涼紅十分不舒服。

「那又怎樣，即使是這樣的一個女人，也有個伴在身邊……我呢？」涼紅在心底嘲弄自己，猜想剛剛的不悅是因爲嫉妒。

最近，涼紅發覺自己的注意力從食物稍稍轉移到其他地方，原來超市裡情人偕伴同來的比例相當高，她很納悶自己以前怎麼沒有注意到。

恐怕是因爲一個人落單後，比較能看到眞相，也有另一種可能，是自己目前對四周的敏銳度，全朝著雙人與單人這種主題打轉。涼紅這麼想著。

「小姐，吃一塊牛肉吧！」冷凍肉品區的試吃人員，將剛煎好的肉遞給她。

涼紅接了下來，丟進嘴裡。

「還不錯吧？」試吃人員問她。

她笑了笑，表示認同。然而嘴裡感覺到的牛肉，只像是軟糖般的韌度，除此之外，再沒有了。

這算不算一種殘障呢？涼紅走到角落時，嘆了一口氣，正要繞到日用品區時，卻覺得自己彷彿踩到了什麼。

她低頭一看，是已鬆脫掉一半的插頭，便趕緊將腳挪開。

沒想到，插頭此時完全脫離了插座。

忽然間「咻！」地一聲，整個超市全暗了下來。

「糟了，怎麼會這樣。」涼紅嚇了一跳，沒想到自己闖禍了。

才一瞬間，人聲紛雜了起來，工作人員呼喊及顧客的驚慌聲混成一片，其間還摻雜著幾聲小孩的歡呼。

「對不起，請各位暫時停留在店裡，不要離開。」收銀台前的工作人員擋住往外湧出的人潮。

「搞什麼，沒拿東西也不能走嗎？」黑暗中，這樣的吼叫聲不斷。

「不買行了吧。」另一個角落也傳出了聲音。

此起彼落的嚷嚷聲讓什麼也看不見的涼紅感到慌亂，她試著往人潮較少的地方走去，卻又害怕黑暗深處會有無法預料的事情發生。

她僵立在中間，進退不得。

「怎麼辦，怎麼辦！」她又聽到那個女人尖銳的哆聲，身旁的男人則沉穩地安撫著她。

「還好吧？」涼紅聽到另一種頻率的男聲，似乎對著她說。

「你……」她用力地回想這個聲音。

「我是……上次，那個橘子……」男聲裡透露著一些些緊張。

「袁古力。」她脫口而出地叫他名字，像遇到了熟人。

「是，是。」他顯得相當高興。

涼紅抓著他，忍不住說出口：「對不起，都是我的錯……剛剛踢掉了插頭，沒想到馬上就停電了。」

「咦？」他發出不解的聲音。

涼紅摸黑拉著他往不遠的角落走去，蹲下來尋找插座：「就是這個，我後來又將它插了進去，都沒有用。」

「哈哈哈！」他大笑起來：「和這個沒關係，電源不在這裡，妳想太多了。哈哈，哈哈……」

「這樣啊！」涼紅雖然仍有些疑慮，卻也安心了一半。

「現在還沒查出來停電的原因，但聽說附近也都一片黑暗。」他和涼紅一起蹲著，也是工作人員的他，竟然不用和大夥一起處理顧客的抱怨情緒。

「各位顧客，要結帳的人，請往左移動；手上沒東西而想離開的人，請靠右方出口排隊，檢查後就可離去。」聽起來店家似乎已找到了因應對策，嘹亮的聲音在偌大的空間裡迴盪。

「我還有一兩樣東西沒買。」涼紅有些不好意思地，對一旁的男孩說：「一些女生專用的衛生用品。」
「跟我來。」他站了起來，直直地往前走，彷彿黑暗不存在似的。
「等我一下，我看不見。」涼紅喊住他。
「對喔！我忘了妳現在看不見。」他停了下來，愣了一會兒，接著放慢腳步往前說：「剛開始都會比較慌張的。」
「你是說……」涼紅問。
「黑暗。」他接著說：「習慣它之後，反而會有一種熟悉的安全感。」
他帶著涼紅在其中一個架子前停下，她看到遠處的收銀台前，似乎透著微微的亮光，天花板晃動著黃澄澄的光點，像是從手電筒放射出來的。
「麻煩你，我要那一包。」涼紅就著偶爾傳來的光線，伸手一指。
男孩沒有反應，面對著架子動也不動。
「在右上方，紅色包裝的。」涼紅覺得奇怪，再告訴他一次。
這一次他舉起了手，拿起一包遞給涼紅：「是這種的嗎？」
她接到手上湊近一看卻是藍色包裝，爲難的說：「不是耶。」
「對不起，我只能感覺輪廓，沒辦法分辨顏色。」他抱歉的說。

「你的眼睛？」涼紅似乎有些明白了。

「看不見的。」他面對著她，毫不掩飾的說：「但後來卻慢慢地可以知道身旁東西的大小、高低，然後在黑暗的腦子裡，湊成一個完整的圖形。比方說，妳後頭的貨架大約有兩個妳的高度，最中間那一層放的是一層層毛巾。妳的衣服，是高領的毛衣搭上裙子。」

他像是擔心涼紅不相信似的，急急忙忙的說下去：「還有，還有什麼妳想知道的都可以問我？」

「什麼時候開始的？」、「嗯……我是說，是突然就可以『看』到這些東西的輪廓的嗎？」、「用什麼地方『看』呢？」她半信半疑地一連串發問。

「當女朋友離開之後，我睡了三天。」他慢慢說著，已經不再急切：「從前，她總是對我說，看不見也是個優點，這麼一來，當她老了，胖了，就不會挑剔她……我一直相信，她說的是真話，真的不在意我的眼睛。」

「有一天，她對著我說累了，真希望擁有被照顧的感覺、希望看到喜歡的東西時，身旁有人能回應、希望能一眼就看到對方的世界，而不是只是猜想……」

「只能說，我們總把事情想得太簡單，把自己想得太強壯。」涼紅感慨著。

前方的嘈雜聲逐漸止息，購物的人群離去了大半。

電仍然沒來，她專心地聽著他。

「我會醒來是因爲自己在恍惚中，好像可以看見黑暗中的房間——自己躺在床上的角度、櫃子的形狀、桌椅的弧度，當然還有它們每一樣東西所擺的位置。起初都是模模糊糊的，還會晃動。一時之間，原先要觸摸才能感覺到的，如今卻和我隔著一段距離，冒出形體……絕不是透過眼睛，反倒像是……皮膚。」

手掌對於觸覺的敏銳度，已經蔓延至全身皮膚了。他這麼認爲。

「你現在的世界，可能很接近水墨畫。」涼紅聽得出神，脫口而出：「遠的山景是淡的，近處的樹林是濃的，無論濃淡，都是黑色。」

「我沒見過水墨畫，不知道那是什麼樣子，倒是蝙蝠，挺像我現在的樣子。」他這麼說自己。

涼紅想起漆黑深邃的洞穴裡，那群全憑聲波飛行的動物，覺得他說得眞是貼切。

她看著他，忽然升起一股荒謬感。

同樣失去愛情，一個同時失去了味覺，另一個卻重新獲得視覺……涼紅感到不可思議。

「謝謝。」他忽然對涼紅說：「妳是第一個肯相信這件事的人。」

即使他不用觸摸也能流暢地行走在賣場之間，卻仍沒有一個同事，或者上司相信世上竟有這回事：「或許是因為熟悉的緣故吧！」有的人會這麼說。

「你的嗅覺和觸覺，鐵定比其他人敏銳，用形狀和味道來分辨絕對沒問題。」所以他被分派到蔬果區，他們猜想這會是最適合他的工作。

「也好。」他開朗的說：「這樣一來，他們都會特別照顧我。」

「倒是妳……」他停了一下：「每次妳一進來，我就能感覺到妳身上的水氣好重，彷彿……可以將身體所有的知覺都沖淡了。」

涼紅深深吸了一口氣，訝異地說不出話來。

「我不知道這麼說妳會不會生氣？」他猶豫了一下才說：「要記得哭喔！有什麼委曲，都不要強忍著，不要裝作無所謂。」

「你的口氣真像醫生，不像店員。」涼紅輕輕的回答他。

「該結帳了。」他提醒她。

「嗯。」涼紅跟著他走向燈光微弱的收銀台，等工作人員用計算機，一筆筆清點貨品。

「要記得哭喔。」涼紅離去時，他用這句話向她說再見。

離開超市前她回頭看他，怎麼她總覺得在停電的黑暗裡，他比別人顯得光亮。涼紅走在沒有燈光的社區步道，靠著上弦月的小小照明，她一路回想著方才的經歷。

第二天一早恢復供電後，涼紅才發現原來這次的停電，並不只有附近這一區，更令她訝異的，是昨日量販店店家和顧客的糾紛，也出現在新聞當中。這一切，比她想像的還要嚴重。

「果然不是我的錯。」總算讓她安心。

在那之後，涼紅每天仍舊習慣來到超市，只是如今她有了目標，不再漫無目的的閒逛。不只是晚上見面，有時候，他們也會約在白天的社區步道上，她特別喜歡聽他形容，這個像是水墨畫的世界。

「嗯……」有一天，他說到一半停住了：「妳能告訴我，關於顏色的事嗎？」

「你想知道什麼？」她不太明白他的意思。

「不知道有沒有一種方法，可以替我所感覺到的世界上色。」他的要求仍然太籠統。

但是涼紅知道他的意思：「好，我試試看。」

她四處觀望了一下，指著往遠方延伸而去的濃密樹叢：「嗯，樹的顏色是綠的，那種綠……要怎麼形容呢……像薄荷的味道。」

「啊！我明白了。」他高興地說。

「至於我們腳邊的花……」涼紅受到鼓勵，於是努力地想著：「你就用草莓的味道替它塗上顏色吧！」

「那些遠處一層又一層的房子呢？」他指定一個方位，剛好就是涼紅住的地方，淺淺的粉色住宅。

「那種顏色我不會形容耶！或許，就像自己喜歡的朋友牽著你的手的感覺吧。溫溫軟軟的。」她牽起他的手，讓他感覺著。

「我懂，我懂……」他頻頻點頭：「我喜歡這種顏色。」

涼紅用盡自己所能使用的詞彙，耐心地說明著。

「謝謝妳。」他聽完之後，臉上充滿了光采：「讓我分享妳所看到的世界。」

「不，那不只是我的。」涼紅搖搖頭：「是我們共同創造出來的。」

「是嗎？」他笑得更開心了：「我以爲，我永遠無法看到另一個人的世界，而對方，也永遠看不到我的。」

那是一種怎樣的孤單心情呀！涼紅看著他興高采烈的模樣。

「那……我可不可以發問？」他說

「當然可以。」她爽快地答應。

「醜是什麼樣子？」他問。

「像臭水溝一樣的東西。」涼紅很快地就想到答案。

「嗯……」他皺起鼻子。

「對，對……就是這種感覺。」涼紅指著他，興奮地跳著說。

「那我知道了，我也來試試，妳看這樣說對嗎？」他將口袋裡的一顆橘子取出，剝去了外皮遞給涼紅：「我覺得，妳一定長得很美……美得像，橘子。」

「橘子，那不是你的最愛？」涼紅疑惑地接過橘子，撕了一瓣咬起。

「是啊！我最愛的。」他回答得乾脆。

有幾秒的時間，他不再說話，只是對著她微笑。

涼紅忽然聽懂了，就在她感覺到一股蜜甜從薄皮中迸出的那一秒。

她紅著臉，悄悄地看著古力，即使知道他看不見。

樹隨著風搖動，她抬起頭吸著四周空氣，似乎看到枝葉間塗抹著薄荷的氣息……那是一種輕飄飄的色彩，也是一口涼爽的滋味……

當愛回來的那一天，涼紅恢復了味覺。

82號深海魚

馬瑞霞

「山仔里青岩路82號……」

我一路從山腳徒步走上來，不時攤開捏在手心的紙片，原子筆上的字跡已被搓得有些花了，尤其青岩的「岩」都被揉出毛邊來，有點像沿線的蘆葦花落在裡頭生了根。

下公車後，我朝著唯一的山路緩緩步行，兩旁密布清鬱的樹木、野青草，伴著偶爾冒出幾朵粉嫩的黃花，風一陣陣拂過我的身旁，吹下幾朵熟過頭的花瓣，我一不小心踩過去，花的魂便跟著我走了。

「51號、53號……」我看著手中的紙片，對照坐落在附近高矮不一的公寓，離82號還有段距離。

每個公寓的陽台上都爬著青葛和紫藤蘿，也有一些牽牛花，我放慢步伐欣賞沿途的風景，看見幾株山櫻花蘸著酣熱的輕嵐，一把抓住摩天輪的背影。

82號深海魚。木板上潦草地書寫這幾個字，旁邊的門牌正是青岩路82號。我推開門走進去，門把上的鈴鐺因而大聲高吟，一隻貓突然跳到我腳邊，喵嗚一叫，嚇了我一跳。緊接一隻雞飛奔而出，我見牠銳利的爪子揚空亂舞，急忙抓起疊在一旁的雜誌往牠身上砸，結果太過緊張，鼻梁上的眼鏡竟被我一同打落。

「妳在做什麼！」一名男子隨雞出現，大聲地叫：「快幫我抓住牠，千萬別讓牠跑掉！」

「可是我眼鏡碎了，什麼都看不清楚……」我只能模糊的看見一團咖褐的影子在四周亂竄，而那隻討人厭的肥貓卻不停地拉著破鑼高音，製造緊張氣氛。

「給我站住！你這隻得了躁鬱症的雞！」

「牠、牠跑到我這裡來了，快！我幫你擋住牠。」我本來是夾攏腿的，但眼見牠瘋狂直奔，在那關鍵的一刻，我突然想起今年尾牙時，那盤指向我的雞頭，腿竟不由自主地張開，然後雞便從我腿下大縫跑出門去，男子不敢置信地拍著額頭緊追，我只得尾隨在後，卻見那隻雞竟往下一跳，和山下土雞城的雞靈作伴去了。

「天哪！」男子滿頭大汗地蹲下身，絕望地望著那隻摔落山底的躁鬱雞。

「算了，牠這麼急，也許是早算好時辰趕投胎。」

「沒想到牠寧願死也不願讓我打針……」好半晌，男子才站起身，轉過頭來正視我。

面對一個模模糊糊的臉孔，我向來怕生的膽子便壯大起來：「你好，請問譚亦先生在嗎？我之前有寄過履歷表，他約我兩點面試……」

男子點點頭：「我就是譚亦，妳是陳譽嘉？」

「是的。」

「進來談吧！」他大步走進屋內，很果決的姿態，我甚至來不及多看對面的摩天輪一眼。

肥貓跳上譚亦的腿間，他一把抓起牠繞在頸後，頓時譚亦的脖子多了一層茸茸的毛皮。「請坐，想喝點什麼嗎？」

我搖搖頭，事實上眼鏡的屍體正躺在我腳下不遠處，我刻意往那兒瞄了幾眼。

「妳眼睛很漂亮，爲什麼要戴眼鏡呢？」

「啊？什麼！」

「我想妳也看到這裡的情況了，我簡單地說一下，我的本業是獸醫，剛才那隻雞是95號養的寵物。」他從襯衫的口袋中掏起一包菸，問我介不介意後，即點起火，他先前說的話彷彿從未存在似的。

「獸醫？可是你在報上不是寫著：深海魚水族館徵女店員一名？」

「有什麼問題嗎？」

肥貓受不了煙燻跳下來，輕捷地跑到屋外，我卻覺得一塊肥肉在我眼前飛躍。

「我以為這裡是水族館……」

「沒錯，這也是水族館。」他一笑，露出一顆尖尖的虎牙：「以前的店主在這裡開了一家水族館，因為經營不善而結束營業，留了一大缸的魚給我，妳瞧……」他指著橫放在入口處的長型水族箱，「我也賣一些魚。」他撣掉菸灰，走近水族箱，在玻璃前敲了兩下，水族箱裡頭的魚全都游了過來，在他指心聚集。

水族箱內有數十條彩色魚，有幾條魚在假山洞內玩躲貓貓，其餘的貼在玻璃面上。

「這是孔雀魚，尾巴就像一把扇子，妳看石頭後面的那隻神仙魚在作白日夢呢！」

「白日夢？」

「沒錯，牠很期待我能找到一個愛護動物的人來照顧牠們。」

「可是我以為我來應徵的是一個很大的水族館，裡面陳列各式各樣新奇的魚，還有很漂亮的水草……對了，你的水族箱為什麼沒有水草？」

「水草？」譚亦把視線移向我，「我不喜歡水草。」

「為、為什麼？」

他一動也不動地盯著我，嘴角抿得緊緊的。「水草一點自制力都沒有，只會長滿整個魚缸，不去整理就會把水族箱裡的裝飾物纏得亂七八糟，好像整個缸子都是它的地盤。」

「不會呀，水草最安於自己的位置的，只是……」

「好了！」他揮手打斷我的話：「工作時間是九點到六點，中午休息一小時，除了負責顧照這些魚，把店裡整理乾淨外，嗯……妳害怕什麼動物嗎？」

「呃……」我吶吶地問著：「這裡不會有人把蟑螂當寵物來養吧？」

「我不知道，至少目前我還沒碰過。」他笑了，走到一排推放著動物百科、生物醫藥學的書櫃前，從一本名為《研究黑猩猩》的書中抽出一片口香糖。

「看妳對菸很厭惡的樣子……」譚亦靠著書櫃，慢條斯理地剝開紙片。

這個人實在太奇怪了。

「請問月薪多少？還有……我的眼鏡……」

「二萬八。」他往地上的眼鏡一瞥，「我還得賠人家一隻雞呢！而且妳不戴眼鏡真的比較好看。」

「這是以獸醫的眼光來看的嗎？」

「哈！我以爲妳只會說：是的、那個、我我我……」他故意結結巴巴地學我說話，而此時此刻，我竟連一句反駁的話也跳不出口。

「時間也差不多，我還得去山上出診，記得明天九點來上班！」他轉身走進一個掛著診療室木牌的房間，我呆在原地不知該如何是好，三分鐘後，他提了一個白色的醫藥箱出來，「妳怎麼還站在這兒？」

「那個……」

「喔！我知道了。來吧！」他快步走到門外，拍拍停在一旁的機車：「我送妳去搭公車，我知道近視的人沒戴眼鏡就跟瞎子一樣。」譚亦丟了一個安全帽給我。「抱緊一點，我騎車很快。」

「喂！我…啊……」車子咻地一聲便往下坡路衝，雖然這兒不過是半山腰，但身體不住往下拉的姿態卻令人害怕，我只好緊緊抱住他，儘管覺得他是故意的。

「明天見！」他把我扔下公車站後，往回路奔馳。

我杵在站牌下，懷疑一連串的厄運正要開始……

隔天九點，我準時來到82號深海魚。

「我正在等妳哩！」譚亦從沙發上蹦身，隨即走進診療室拿出一個粉紅色的狗籃，裡頭睡著一隻黃色的土狗。「我要送狗回家，妳負責看店……」

「你怎麼知道我是來上班的，也許我是來跟你說一聲，我沒辦法做這個工作。」

他用很篤定的語氣說：「那也不必大老遠跑這一趟，而且……我第一眼看到妳就知道妳會留下來。」譚亦走到門口，把貓食移開，肥貓在旁喵嗚一聲，跳上了書櫃。「沒事的話就練習和魚說話，要不放音樂給牠們聽也行，我走了。」

我愣愣地看著譚亦像陣旋風似的颳出門，完全來不及反應。跟魚說話？我又不是動物專家！

82號深海魚水族館！82號深海魚水族館！82號深海魚水族館！整個屋子就只有一個大魚缸，算哪門子的水族館，根本是掛羊頭賣狗肉！更可笑的是，我現在已經站在這裡，難道我跟那隻雞一樣得了什麼精神官能症嗎？

屋子空盪盪的，粉白的牆壁掛著幾張動物的圖畫，大大的水族箱依偎在落地窗旁，從這兒一望，可看到對面城市的摩天輪正緩緩地轉動。「肥貓，這裡的景觀很棒對不？整座遊樂園都盡收眼底了。」我回頭問著在書櫃上舔毛的貓兒。在屋子入口的右方有個塑膠櫃，擺了許多狗食、狗刷子、狗沐浴精、狗玩具，夾雜一些貓食和鳥飼料，底下則放了一排大小不一的鐵籠，書櫃就釘在診療室左側的牆壁，看得出來是自己DIY的成品。

爲什麼水族箱裡沒有水草呢？如果從這裡偷一隻魚回家養應該沒關係吧！不行、不行，怎麼才失業兩個月就變成賊了！

「魚先生、魚小姐，我跟你們不熟，也不曉得說什麼好，不如你們先聽聽九九乘法表吧！212、224、236……」

叮咚……

「歡迎光臨！」我趕緊迎到門口。

一個婦人探頭探腦地在屋內張望著。「譚醫師不在？」

「是的，我是新來的店員，需要我爲你服務嗎？」

婦人從腳到頭打量了我一遍，一雙豆子眼笑成了大豆筴。「我這隻狗好像感冒了，麻煩譚醫生回來時幫我看看。」

「沒問題，請妳留下資料好嗎？」

「不必留啦！譚醫生見狗如見人，我們很熟。」婦人將鐵籠放在地上，裡頭的大黑狗很溫馴地窩在籠子裡。「再見啦！」婦人很開心地走了。

這個婦人怪怪的。我蹲下來看著這隻大黑狗，牠對我嘿嘿嘿地吐出舌頭，前腳不安分地亂動著。這麼大的狗被關在小小的鐵籠中，眞可憐……

我一邊把籠門打開，一邊安撫牠說：要乖喔！話還沒完，牠竟往我身上一撲，銳利的爪子就要往我脖子抓，「啊……救命、救命……你不要咬我的衣服，這很貴的呀！」我連滾帶爬，手裡摸到什麼就丟什麼，大黑狗竟咬起我的長裙，「住手！我還是處女呀！在古代，你就要娶我了……」

門口出現一個高大的影子，是譚亦！

「混帳！」譚亦丟下手中的塑膠袋，一腳踹開大黑狗的屁股，大黑狗嗚喔、嗚喔地嚎叫，夾著尾巴縮起頭倉卒的跑開。

我狼狽地蜷縮在地，譚亦把我扶正，仔細檢視我身上的傷口。「糟糕，流血了。」

「我會不會得狂犬病？」我的眼淚馬上掉下來。

「沒事，相信我。」他拍拍我的肩，撥開我額前零亂的劉海。「以後不要隨便放動物出籠，尤其是陳大嬸的狗，她喜歡撿一些有攻擊性的流浪狗，到處嚇人。」

「好恐怖……」刹時，我的眼淚不可遏止地流滿整臉，而那隻肥貓居然安穩地睡著大頭覺。「你養的那隻肥貓一點用也沒有。」

「牠不叫肥貓，叫胖貓。」譚亦從醫藥箱拿出消毒水擦拭我的傷口，他的動作放得很輕，我看到他的黑夾克上黏有幾根狗毛。

「少來！」我又哭又笑的。

「我沒騙妳，牠眞的叫胖貓……乖，別哭了。」他遞給我一盒面紙，同時拿起一卷紗布。「妳手上的傷口不小，得包紮起來，脖子上也得貼紗布預防感染，妳怕打針嗎？」

我搖搖頭。「以前感冒有時候爲求快好，常請醫師爲我打上一針。」

譚亦從櫃子裡取出一管大針筒，轉過頭來對我說：「還好小妮替我預備了一些，以備不時之需。」接著便把針筒扎進我的手臂：「有點痛，忍著點。」

針頭有點粗，藥劑注射的速度變得很慢，譚亦曾告訴過我，他有個助手叫小妮，在K大念獸醫系，偶爾會過來幫忙。

譚亦有意轉移我的不舒服，聊起我以前的工作：「妳之前不是在一家大公司當會計，怎麼會想來做店員呢？」

「我被裁掉……吃尾牙雞頭對著我時，我就知道情況不對，果然發完年終獎金後，老闆就通知我不用來了。」

「妳跟雞特別有緣……」

我噗哧一笑，眼睛對上他的。我們相互凝視，誰也沒有認輸的意思。譚亦的眉、眼逐漸靠近，然後他溫柔地托起我的臉頰，道句：「妳的隱形眼鏡掉了。」

「啊、啊……是嗎？」我尷尬地沾起臉上的隱形眼鏡，自圓其說起來：「難怪，我看不清楚你的臉。」

「那……我可以更靠近一點！」譚亦突如其來地湊上來，差點撞到我的鼻尖。

「你做什麼啦！」我被他的大動作嚇了一跳。

「住手！我還是處女呀！在古代，你就要娶我了……」譚亦模仿我先前被狗咬時的醜態，哇啦哇啦地滿地滾爬。

「好過分！」我想伸手打他，卻覺得渾身酸軟，尤其手臂的傷口不斷滲血，頭重得像長了顆榴槤。

譚亦見狀不對，連忙抱起我：「妳到我房裡躺一下。」然後替我蓋好棉被，我躺在柔軟的床鋪，只覺睡意大量襲來……

「你打算什麼時候叫醒她？」

「等她自然醒囉！」

譚亦的身旁站了一個綁馬尾的女孩，她一把搶過譚亦手中的魚飼料：「喂！我覺得你不太對勁。」於是譚亦另取了一罐魚飼料，慢慢倒進水族箱內。「妳想太多了。」女孩又搶走他手中的魚飼料，冷哼一句：「不要無視於我的存在！」

「胡說什麼……」

我站在門邊，看著兩人間的互動與對話，猜想這個綁馬尾的女孩會不會就是小妮。

「小妮除了講話比較衝外，其實很好相處。」下午打針時，譚亦曾這樣告訴我。

「哼！」小妮背過身，在房門口看到了我，她的樣子顯得有些驚訝：「妳醒啦？」

「剛剛醒，你們在說什麼啊？」我故作毫不知情地走出來。

「譽嘉，她就是小妮。」譚亦為我們做介紹。

「妳好，我是……」我向前一步。

「我都知道啦！上班第一天就被狗強暴！」小妮看著我的傷口，不以為然地撇撇嘴。

「小妮！」

「開玩笑嘛！」她揚著尖尖的下巴，將手交叉在胸前。

我很識相地表明想離開，譚亦隨手拿起沙發椅上的夾克：「我送妳。」

「人家又不是不認得路。」

「對呀，這裡的路我很熟。」我附和小妮的話。

「妳熟什麼？」譚亦瞪我一眼：「天都暗了，妳又受傷，走吧！」

「可是……」我膽怯地瞄著小妮，她的臉色立刻變成一碗發餿的豆花。

譚亦刻意忽略小妮的情緒反應，把安全帽丟給我，厲聲道：「快上來！」

我懦弱坐上車，譚亦便咻地駛離了82號深海魚。一路上，譚亦沒有和我說半句話，我從機車的前視鏡中看見他若有所思的表情。

「妳餓了吧！這附近有個夜市，我們去吃點東西。」車子鑽進一條小巷，我彷彿是個沒有意見的人，事實上，自始自終我在譚亦面前好像也沒有過什麼意見。

「吃蚵仔煎怎麼樣？這家很有名！」

當時我正盯著蚵仔煎對面的沙威瑪，被他一問，我馬上口是心非：「好、好啊！我也想吃蚵仔煎。」

我用沒有受傷的左手吃蚵仔煎，可是蚵仔煎總是無法準確地被舀進湯匙裡，不是被我甩出盤外，便是要掉不掉地懸在盤緣盪鞦韆。譚亦放下筷子，拿走我的那一份。

「來，我餵妳，嘴巴張開。」

我只得乖乖張開嘴巴，一口一口讓譚亦餵著。

「除了狗和烏龜外，我沒有餵過人。」

「你就不能講點好聽的話嗎？」

譚亦想了想：「妳戴隱形眼鏡是正確的。」

在蚵仔煎旁的轉角口，有一排人正坐著撈魚，右手邊剛好空著兩個位子，我霸著眼前的空椅，身體便安眠在那兒了。

「妳想撈金魚？」

我低著頭，耍賴地把椅腳往自己腿邊挪，眼睛直溜著水中的魚兒轉。

譚亦覷著我殘廢的右手：「妳可以嗎？」

「沒問題。」我立刻向老闆要了網子，拉開椅子認真地撈金魚。

「我店裡的魚漂亮多了。」譚亦雖抱怨著，但一口氣便撈了兩條上來，反觀我，一條也沒撈到。

「老闆，再給我一個網子。」

網子一個個在我手中破損，當我決定放棄後，才發現譚亦不見了。

「老闆，剛剛坐我旁邊的男人呢？」

「在這兒。」譚亦突然從我身後出現，一手拿著裝金魚的塑膠袋，一手拿著沙威瑪。「都給妳。」

原來他看到了。我接過裝著金魚的塑膠袋和沙威瑪，心裡有種溫暖的感覺，儘管現在還是初春時節，我卻覺得自己身上裹了一條大棉被。

「怎啦？」

「謝謝你。」我衷心地感謝他，不過另一個難題出現了：「我養過很多次的魚，可是到頭來全死了。」

「我以前也不會養魚，當水族館的主人把一缸魚送給我時，我腿都軟了，其實養魚最重要的是『心意』，雖然初期犧牲了不少烈士……」他吐舌一笑，很慚愧的表情：「總之，妳要好好地和魚說話。」

「我知道了。」

金魚定居在書桌上的一個球形小魚缸裡。之前爲了養魚，我買了一株水草做爲陪伴，誰知魚兒一隻隻升天，水草倒茂盛地布滿整個魚缸。爲此，我將它分束送給友人，用來象徵友誼的連結。

分枝的水草將球形魚缸構築成一個綠色藻國，他們擠在如此緊密的空間，仍能繼續生存繁衍，它們也和主人一樣有著相同的心願嗎？

爲了等待一個有心人，所以有時候必須固執地嚴守著自命清高的堅持。

早晨的陽光在譚亦的雙頰油了一層金漆，他正坐在門口替胖貓梳毛，絡絡卸落的貓毛，自成一格地在石階前纏成了洋蔥圈。我逡巡一下四周，不確定的問：「小妮沒來？」

「她早上有課。」隨後他又抬起頭：「妳手裡拿了什麼？」

「要送你的水草。」

「嘖！」譚亦發出不屑的音調：「我不喜歡水草。」

「水草很漂亮的，你看它在陽光下會吐泡泡。」我把玻璃瓶拿到他面前：「你看它在水中漂動的姿態……」譚亦把頭轉向另一邊，我也馬上改換方向：「你看它的葉子多翠綠……」他翻著白眼，我就把他眼皮撐開。「你看我幫你放了石頭、人造屋、風車……還在瓶口打上一個蝴蝶結。」

「好啦！好啦！」譚亦勉爲其難地接下玻璃瓶。

「不要在臉上種苦瓜嘛！我送你水草是有意義的。」

「怎麼，要我把它當泡菜醃來吃？還是種在土裡比較快？」

我在他旁邊坐下來，委婉地分析著：「水草會不斷分枝，然後愈長愈多，我把我分枝而出的水草送給你，以後你的水草也會繼續分枝，你可以再把它送給你的朋友，如此循環下去，無形中便成了一種連結，友誼的連結……」

「聽起來怪可怕的，像被詛咒的連鎖信一樣。」

「眞的嗎？」我有些失望。

譚亦緊張兮兮地。「妳不要在我面前哭喔！我是跟妳開玩笑的。」他不自在地抓著頭髮：「水草纏在一團的感覺，令我覺得很……很可怕，拿人來說好了，人與人之間若沒有一點距離感，就像淋濕的衣服貼在皮肉上，那種黏滯泥濘的感覺，會讓人很不舒服，所以還是要保有一些……空間。」

「我說過，水草是很安於自己的位置的。」

「是嗎？水草總在不知不覺間就擴張了自己的位置。」

「你……算了！」我生氣地走進屋內，感覺自己又被狗咬了一次。

或許是季節交替的關係，附近的狗狗都害了感冒，幾個禮拜來，小妮和譚亦忙進忙出，譚亦一向秉持服務到家，每隻痊癒的狗都由他親自送回。我除了掃掃地、訂便當、看店，其餘時間便是和魚說話。有時說得太過專心，沒發現譚亦就站在我身後，用一種意味深長的眼神凝視我。

因爲忙碌，我們沒有太多時間坐下來聊，所以彼此最常出現的對話是：「妳的金魚還活著吧？」或是「你的水草分枝了嗎？」小妮總疑神疑鬼的躲在一旁偷聽，然後露出她無法理解的困惑神情。

在狗狗的流行感冒告了一個段落的傍晚，我和譚亦一塊到山腳的麵店吃晚餐。在回程的途中，我們看見櫻花開滿山丘，只可惜昏濛的夜色把它的粉紅映得有些髒，黑污污一片，簡直就是女人哭後暈開的眼線。我們沿路走上山坡，前方的摩天輪就像一顆飛天的大燈泡和一串斷線的南非碎鑽。

「如果能和情人在這兒牽手散步，一定很棒！」

譚亦笑著伸出手：「我可以委曲一下。」

我瞪他一眼，快步跑回82號深海魚，其實是不想讓他發現我已經臉紅。

將所有的帳目都整理完後，已經是八點半，譚亦煮了一壺咖啡，我們對坐啜飲，透過水族箱後的落地窗，我看到那顆飛天的大燈泡愈來愈亮。

「妳有男朋友嗎？」

「沒有。」

「覺得我怎麼樣？」

我差點噴出口中的咖啡，「小妮不是你的女朋友？」爲掩飾內心的緊張，我拿起紙巾胡亂地抹臉。

「我沒有女朋友。」譚亦將咖啡加滿至我的杯中。

「你想說什麼？」譚亦看起來心懷不軌。

「妳喜歡我吧？」

我從沙發上站起身，結巴地回著：「你怎麼不說你、你喜歡我！」

話才說完，啪的一聲，電停了，整座山城陷入一片黑暗之中，胖貓喵喵地叫個不停，闃黑的屋子裡，只有不斷電系統的水族箱透出幽微的藍光，地板繡上了魚兒的圖案，氣泡漫天飄飛，整個屋子被覆蓋在一片沒有邊際的深藍之中，月亮的倒影在我們之間盪開漣漪，我竟聽見漲潮的聲音。

然後，譚亦伸過手來握住我，他的氣息在靛藍中微微起伏，空氣都被掀開了皺摺。

譚亦深深看了我一眼，水族箱的透明玻璃紡著他晶晶的一雙眼睛。在那雙眼睛的後面，我意外看見一株藏在風車後的水草，正隨著漂動的水流慢慢揚出頭來。「啊！那是我送你的……」

譚亦突地捏緊我的手，從他溫熱的手心，我撫娑到蜿蜒在他掌紋中敏感而晦暗的心事。他一字一句地說著：「我喜歡妳。」

潛藏在我體內的什麼東西無聲地泅游上岸，不小心在他的眸裡濺起水紋，也弄濕了我一身，我想永遠地這麼看著他，卻聽見：「可是……我已經結婚了，小妮是我太太的乾妹。」

我靜靜聆聽，一動也不動，感覺自己是石化在深海底的珊瑚。

「下禮拜，她就會從美國進修回來，我們……」

我打斷譚亦的話：「有人被困在摩天輪裡了。」我指著被困在摩天樓裡的幢幢黑影，自言自語地說著：「他們都出不來了。」

沉默逐漸在我們之間擴大，水族箱裡的燈科魚點亮了周圍的星光，我們緊握著手站了許久，直到凌晨三點電來的時候，譚亦才鬆開我，我知道他這一放，將是永遠的離別。

而我，將再度失業⋯⋯

可是我知道，譚亦的水族缸裡終於有了第一株水草，它絕對是最初卻不會是最後。或許分枝的水草會越過原有的位置，擴大自己的版圖，但不屬於國界中的，最終會回到眞正的屬地。

如果如果眞有那麼一天，水草長得過雜亂了，我也只好將它拔除，絕不要讓那錯綜複雜的纏繞，壞了原先的美好。

到目前爲止，兩條金魚已活過了七個月又零五天，水草和魚終於取得完美的平衡，如果魚兒再持續這麼自立自強，那末必會再生出許多條小魚，然後小魚再生出許多小小魚，就像分枝的水草一樣，Never Never End⋯

只是我偶爾還是會忍不住猜想，譚亦的水草分枝了嗎？他會把分枝的水草送給誰？又或者水草早已被他醃成一缸醬菜⋯⋯

杜鵑花名片

吳雅萍

拉緊身上的披肩，四月初春的晚上，料峭的天氣仍有些寒意。一幢典雅的小別墅顯現在眼前，依依抱著包裝精美的禮物，捏著手上一張寫有地址的紙條，打量眼前的建築物，是的，就是這兒了。放下簾幕的落地窗內燈火通明，隱約，有許多人影來來去去，關不住的一些音樂聲音偷渡出來。

山上離群獨立的一幢華居，這裡，是今年生日會的舉行地點。

艾咪，依依以前的同窗，每年都藉著辦生日會的名義召集一大群朋友們聚會，因爲善於交遊，每次也總有許多人捧場參加。由於這個聚會，使得好多四處分散的同學朋友們，每年有機會見面。

身爲艾咪交情特殊的好友，依依更是不能缺席。她總是特意在這天挑選好禮物，尋著每年不同的舉辦地點，送上祝福。

踏進門，一陣溫暖的空氣敞開雙手，將依依整個人包裹住。流洩的音樂、琅琅笑語，杯盤輕輕碰擊的聲音在空間中混合交織。認識的、不認識的人在身邊往來穿梭，她對著他們點頭微笑，寒暄招呼。相熟的故舊，見到依依一個人出現，雖然掩不住一絲惋惜，卻仍然禮貌地詢問近況：「忙不忙啊，過得好嗎？」，默契十足地，都刻意略過某些問題，避免觸及往事。彷彿她的形單影隻，是理所當然。

而隔著重重的人群，主人艾咪遠遠望見依依的身影，熱烈地喚著她的名字：「依——」熟識的朋友們一向這樣叫她，彷彿她生來就是單名。

蝶一般的遊走穿梭，艾咪撥開阻隔的人群，朝著她翩舞而來。依依一直有種感覺，艾咪上輩子一定是蝶。看著她顧盼生姿，不禁這樣想著。

「生日快樂。」依依遞上禮物。「今年怎麼找到這兒的？」她打量了四周，光是那盞璀璨的水晶吊燈，就足以令她讚嘆許久。

艾咪接過禮物道了謝，「哎呀，人家借給我的嘛。」

「這麼好交情？」她真的是人緣極好，依依心想。而艾咪只是神秘地眨眨眼。

「妳一個人啊？沒人和妳一起來嗎？」艾咪左右張望了一下，似乎很是興奮。依依狐疑地點了頭，表示肯定。艾咪每年看見獨自前來的依依，總是一副失望的神情，拉住依依的手，鄭重的交代，「要是、要是有伴，就一定要帶他一起來喲！」她失望了許多回，怎麼，這回竟然是開心了？

「對了對了，」她親熱地拉住依依的手臂，「有個人想在今天見妳一面，不過他現在正從別的地方開車趕過來，請妳等他一會兒。我告訴妳，妳今天可不准提早離開唷。」艾咪半瞇著眼，威脅著說。

她大概猜出那個人是誰了，只是他的輪廓有些模糊。她總也不將對方放在心上，此刻，就連個名字也想不起來。但是，開車？他不是騎自行車的嗎？

「好好，今天壽星說什麼都行。」其實也沒什麼好見不見的，只是既然艾咪這樣說，她也只好聽命。

「唉呀不跟妳說了，我還得招呼其他人，妳自便啊。」艾咪又翩舞著轉向另一處人群中去。走了幾步，還不忘回頭叮嚀著：「記住啊，不許『落跑』喔！」

依依笑著對她點點頭。

端著杯飲料，依依走到落地窗邊，靜靜地啜飲著。人終於都來得差不多了，大家寒暄聊天，滿室喧譁。許多人攜家帶眷地出席，婚結得早的朋友，手裡懷抱著的小孩還伊呀伊呀地啼叫著。環抱著自己的手臂，不可否認，她的確感覺到有些孤單。獨自一人出席艾咪的生日會也有幾回了，想起之前的有人陪伴，不免有些遺憾。

旁邊有個男人對著手提電話那頭，小聲小氣地說話：「好嘛，再過一會兒呀，再一會兒我就回到家了。」

抬頭對他笑笑，好像，好久不曾有人對她說過這樣的話了。

她想起阿志。

阿志，是她交往好多年的情人，對她總是寵溺。常常，爲著她的小小心願，雖然自己也是忙碌的生活，他卻盡力爲她達成。

依依在一家公司擔任會計的工作，而阿志是建築師，總是忙碌地畫著一張又一張的設計圖，熬夜到天亮。依依常爲著這件事心疼，但阿志卻不以爲意，他常說，「創作的人哪有不熬夜的？更何況，設計出經典的建築是我一直的夢想啊。」依依不明白，爲什麼他總有這樣多的精力，但看他樂在其中，也只有由得他去了。

一天夜裡，依依在寤寐之際醒來，就再也睡不著，因爲強烈地渴望著一碗熱騰騰的白粥。只是，夜裡三點，她再怎麼嘴饞也沒膽量獨自一人出門。想啊想，在床上翻來覆去，實在是忍不住了，於是依依拿起電話，心想：「只要一聲，只要響一聲就放棄。」

她下了決定，按鍵了一串號碼。

依依的手指放在掛斷鍵上，在等待接通的同時心中默數著。

「嘟——」一短聲之後，她準備快速地掛斷電話，斷了渴望一碗粥的念頭，突然，話筒那邊傳來一聲低沉的男聲，空氣中彷彿塞滿了咖啡因。

依依嚇得倒抽一口冷氣。「你、你居然、居然還、還醒著？」

阿志覺得好笑，「小姐，不然你以為誰三更半夜跟妳說話？」

「我……」作賊心虛的人不敢說話。其實阿志已經明白，依依定是有所求，好整以暇地等待她自己承認。

「我、我想……你想不想吃宵夜？我帶你去吃清粥小菜好不好呀？」依依甜甜地笑著。

坐在明亮的店內，端著一碗白粥，依依幸福地嘆了口氣。覷了阿志一眼，他只是帶笑地看著她。

想到這兒，依依不禁微微一笑。後來才知道，其實那天他在趕一張很重要的設計圖，吃過宵夜之後又回去繼續熬夜到天亮。他總不跟她說。

阿志總不跟她說所有的事，喜歡故作神秘，喜歡給她驚喜。

一次無意中對他提起，這陣子因為捉帳目的關係，弄得自己精神緊繃，覺得非常的疲勞。那天晚上，他特地在公司樓下等她下班，不由分說地將她塞進車子，往市郊駛去。「嘻嘻，我要載妳去賣掉。」阿志扮著鬼臉恐嚇她。

「嗚嗚，放我下車，誰來救救我。」雙手握拳在眼眶周圍來回轉動，依依盡職地配合他。

結果車駛到山上著名的溫泉區，讓依依泡了好久的溫泉，放鬆緊張的身體，然後帶她好好吃一頓豐盛的晚餐。因爲太過放鬆了，依依竟然咬著溫泉饅頭，微微地打起瞌睡來……

「依——」前方有人在呼喚，艾咪對她招著手，一個大蛋糕推了出來，想是要切蛋糕了，於是跟上前去。他們把燈光調暗，點上燭光。

「祝妳生日快樂，一二三歲快樂，四五六歲快樂，永遠永遠快樂……」幾個特別要好的朋友扯開喉嚨，指著蛋糕上誇張插得滿滿的蠟燭，荒腔走板地唱著生日快樂歌，艾咪被人群圍在中間，笑得直不起腰。「好啦好啦，都別唱了！」艾咪揩著眼淚，「我要許願囉！」她閉著眼睛雙手合十。

「第一個願望，我希望，所有正幸福的人們，都能白頭到老。」她睜開眼睛，微笑環顧著四周雙雙對對的朋友們。「第二個願望，」她的眼光落在依依身上，隨即閉上眼睛虔誠地許願，「我希望，沒有伴的人們能夠很快、很快地找到幸福。第三個願望，我希望爲自己保留一個奇蹟。」

然後艾咪吸足一口氣，用力地吹熄了所有了蠟燭，在這一瞬間所有的燈光一起熄滅，衆人的歡呼聲被截斷，變成了疑惑，不知所措。

「是不是故意安排的橋段啊？」有人大聲問著。

「不是啊，是眞的停電了。」有人跑出屋外，見到照明的路燈以及山下的人家全是漆黑一片，才相信，是眞的遇上停電了。

這時開始有人驚慌起來，騷動有傳染性，一忽兒所有的人開始鼓譟，議論紛紛。連原本已經睡著的嬰孩都湊上熱鬧，嗚哇嗚哇地哭起來。

「別慌別慌。」是艾咪的聲音。「老天這麼給面子，送給我一次燭光生日會呀！」她找出備用的手電筒，打出一圈光暈。幾個人幫著她搬出別墅中的緊急照明燈，有人到屋外將車的大燈打開，一下子，屋內有著些微的照明，恐慌暫時平定下來。童心未泯的幾個朋友，把方才剩餘的蠟燭拿出來點燃，排排豎在地上，圍起一個圓圈，大夥兒興高采烈地圍坐在蠟燭邊上，分食蛋糕，繼續停電之前的喧鬧。

「艾咪呀，我們還真要感謝妳年紀夠大，否則，蠟燭沒辦法準備這樣多呀。」有人揚起手中的蛋糕，向艾咪致意。衆人哄笑起來。

黑暗中，艾咪只瞪了他一眼，不知從哪兒翻出一台小型收音機，丟給那人：「再亂說話就叫你連蛋糕都沒得吃！」

圍著收音機，大家聽著停電新聞的播報。

依依在離燭火同伴有些距離的地方坐下，靜靜地，懷念起那一年，有人在蠟燭吹熄的那一刻，緊緊環抱住她，說：「我們會一生一世在一起。」

每年，阿志都陪伴著她參加艾咪的生日會，那一年卻由於一個國際會議，阿志出差到國外，行程一再地耽擱，終於無法及時趕回來，陪伴她出席。

「真的嗎？真的沒辦法嗎？」她有一點沮喪。

「是啊，如果真的能趕回來那就好了。」在撥回來的國際電話中阿志遺憾地說。

「不然我們來許個願好了，如果，如果我能及時趕回來，那……我們要許什麼願啊？」

他想了一下，「如果我能及時趕回去，那我們會永遠在一起。」

「好啊，」她複誦，「如果你能及時趕回來陪我參加艾咪的生日會，那我們會一生一世不分開。」

「從現在起，我們要一起祈禱奇蹟的出現。」

「可是，」她遲疑了一下，微笑著，「我該為了要讓奇蹟出現，派人到那邊去綁架你回來嗎？」

他哈哈大笑。

到了艾咪的生日會上，她一直在等待著，奇蹟的出現。

等了好久的時間，在燈光調暗，艾咪對著蛋糕許願時，她也隨著許了個願，希望奇蹟眞的出現。燭火映照著每個人的臉，亮燦燦地發光。在艾咪許過願望，吹熄蠟燭那一刻，大家歡呼聲中，她從背後一把被抱住。

「奇蹟出現！我們會一生一世在一起。」是阿志，他還是千里迢迢地趕了回來。

之後，她一直追問奇蹟的發生，因為在電話中，他是如此確定地跟她說，時間眞的來不及，似乎一切都沒有改變的餘地了，但是，但是結果又是如此地令人驚喜。依依隱約覺得有什麼詭異的計謀實行著。

但阿志只是神秘地笑著，「你永遠不知道奇蹟怎麼發生。」

可是後來，在一次希望奇蹟發生的許願後，阿志為了趕上實現奇蹟，發生了一場車禍，傷得很嚴重。依依趕赴醫院探望時，他慘白著一張臉，即將被推進手術室。見她著急難過的模樣，阿志用盡力氣勾住她的手指對她說：「別怕，在外面等我，我會找到妳的。」依依眼望著阿志被推進手術室，門闔上。

那天，依依一直在手術室外等到最後最後，只不過，阿志再也沒有出來。

阿志離開後，依依沒有激烈的情緒反應。依然如同往常那樣上班、下班。只不過，她拒絕一切人事的接觸，將自己閉鎖在狹仄的自我空間中。

公司樓下的管理員見到依依，還熱心地詢問：「最近怎麼沒見到你男朋友啊？小倆口吵架啦？」依依只能勉強扯開嘴角，慘然地笑笑。管理員臉色一凜：「怎麼，難不成分手啦？這小子……」

曾經有一次，阿志到公司樓下來接加班的依依回家，卻在依依下樓時，發現他與管理員遠遠地面對面坐著，大眼瞪小眼。

阿志抱怨：「他很過分耶，居然說我長得像壞人，連幫我通報一聲都不肯。」他拉扯著自己的臉皮：「我像壞人嗎？」

「那個管理員不管見到誰都這麼說啊。」依依笑著安撫他。

「我就不相信……」

下一次，當依依加班結束，下樓卻只看見阿志與管理員有說有笑，談得好融洽。依依心想，這兩個人上回還水火不容，怎麼這次就這麼好啦？結果時間越久，兩人感情就更好，到最後，甚至一起對依依評頭論足起來。

「喂！我是你女朋友耶。」依依雙手叉腰，倒豎眉毛生氣地說。

阿志舉手投降，一回頭，卻又跟管理員兩人擠眉弄眼。

如今，管理員定是覺得阿志負心了，只是，她該怎麼對他啓口？

依依將自己封閉在玻璃罩之內，別人看得見，卻進不去。她自顧自地生活著，不理會外面人事的嘈雜。

「依，妳不要這樣好不好？」艾咪不只一次求她，求她不要這樣折磨自己、折磨身邊的人。

「可是，我一直很堅強啊。」依依回答。

「我倒寧願妳哭妳怨，妳這樣沒有任何反應讓我好害怕啊，依——」艾咪幾乎要哭出來。

「可是，我們之間出現過奇蹟的呀。」

「依，阿志已經離開了，可是妳的日子還是要過下去啊。」

艾咪終於忍不住，用盡各種方法爲依依介紹許多人認識，嘴巴說是「多認識不同的新朋友」，用意卻是彼此了然於心的。她不忍拒絕艾咪的好意，卻在與對方面對面時，揮不開瀰漫的尷尬。幾次下來，她不堪負荷，終於推辭了。那個今天要見她一面的男人也是當初其中一位，只是，見過她一次之後就傾心不已，於是往往在某些場合中會看見他的出現。知道是刻意安排的。他總是有禮地打招呼、遞名片，不過那名片通常不多久就不曉得被塞到那個角落，無意翻找出來，也常常因爲忘記了來源而隨手丟棄了。

她只記得，那個男人的公司就在她的附近，職業好像是設計玩具的，因爲上回他還送給她一個自己新設計的玩具機器人，可以在桌面上來回走動，只要聲控下指令，它還可以踢正步、敬禮、翻滾等各種表演動作，辦公室裡的女生們都好喜歡，央著她利用關係去多要幾個回來。而當依依爲了這個機器人向他道謝時，他還不好意思地抓抓頭，耳根微微地發紅。

「我想，如果妳喜歡，可以到我們工作室看看，裡面還有很多有趣的東西。」他耳根持續泛紅。

依依微笑地：「不了，怕我礙手礙腳打擾你們工作。」

「不會不會。」他急急地說。依依仍舊以微笑婉拒了。

「沒關係，」他笑著說。「下次還有機會。」

他年紀似乎很輕，至少，看起來是。他總是騎著自行車上班，說是比較環保，又喜歡穿白色襯衫，背著大大的登山背包。依依一直想不透，那裡面究竟裝了些什麼東西，怎麼上班好像去玩耍一樣？每天，他會算準她下班走出公司的時間，騎著自行車打門口經過，只爲了停下來和她道再見，然後興高采烈地用力踏著踏板，哼著歌遠去。眞像個大小孩。依依每回遇見他，心情總不自覺地愉悅起來。

獨自在黑暗中坐著，依依將下巴抵在膝蓋上，彎起嘴角微笑。

一個竄入耳朵的消息使她猛地驚嚇。

「……本台消息，由於停電的緣故，西區的十字路口號誌燈失去作用，造成十數輛車擠撞的連環車禍，目前已知有五人受傷，救護車正前往車禍所在地，本台將繼續報導後續情形。播報下一則新聞，城市中心的大型遊樂場摩天輪頂部受困的遊客……」

不，不要再發生車禍了。一場車禍使她失去了情人，不要讓別人也失去所愛啊。她不該奢求奇蹟的。依依抱住頭，她忽然想起，他，騎自行車的男人，他此刻正要開車從別處趕來。不，不要。

他是如此的善良有禮，那樣怕驚擾了她，就連送花，也是每天一大早，將一枝兩枝花朵寄放在管理員那兒，只要她一踏進公司，管理員會盡責地提醒她，每天收花。甚至有一天，依依驚訝地接過一朵杜鵑花，狐疑的當時，管理員笑呵呵地遞來一張小卡片，說：「這回這小子看來更不錯喔。」

依依讀著卡片：「很抱歉，今天早上花店休業，我只好犯法。」她笑得彎下腰，同事們見到睽違好久她的大笑，紛紛瞪大了眼睛。

當天傍晚，依依走出公司，看見滿臉笑容的他。依依向他道謝：「眞不好意思，讓你這樣犧牲。」

他板著臉湊近依依：「唔，還好沒被人發現。可是，爲了補償我，這週末妳願不願意和我到山上賞花？」他眼睛綻放著光，等待一個肯定的答案。

依依用微笑回絕了。

在突然下起雨的下班時分，他會刻意等在門口，確定她有傘才離開，也曾經有過，在推辭不掉後，他將自己的傘硬塞給依依，然後飛快地踏著踏板離去。而持著傘的依依尷尬地呆立了一會，只好將傘交代管理員，請他借用給需要的同事，並且記得要還給那個男人，然後自己衝入雨幕，冒雨離去。

相較於他的鍥而不捨，自己的冷漠太不應該，愧疚在心中生起，依依深深自責著。將自己困鎖在玻璃罩之中，以爲風雨不擾，如今有人頻頻叩敲玻璃罩，誠懇地表示想進來，和自己一起，但頑固的自己卻堅持，什麼都看不見、聽不見。

希望，希望他沒事。依依再次殷切地期盼，奇蹟出現。

忽然，在她無助地恐懼的時候，黑暗之中，她被人擁抱住。那人在耳邊對她說：「我終於找到妳了。」依依知道是他，他安然無恙地趕到了。感覺貼著她的胸膛有一股強烈的鼓動，環抱的手臂冒著熱氣，他身上沁著汗，微微地喘。一股強烈的安慰在心中升起，她只是低聲唸道：「感謝老天，讓奇蹟出現。」

他好不容易從混亂的車陣中脫身，趕到山上，一直害怕著如果依依提早離去，不等他了。在黑暗中站了一會兒，一眼就看見蜷著身，環抱自己的依依，彷彿陷入巨大的恐懼。於是，他不能自已地走近，擁抱住她。

望著黑暗中他晶燦的眼眸，依依決定，打開自己的玻璃罩，和他站在一起。

「我想，」依依開口，他緊張而專注地聆聽。

「你可不可以，再給我一張名片？」

西區

一則新聞報導：
西區百貨商圈，因號誌燈失去作用，
造成十數輛車擠撞在十字路口，
目前已知有五人受到輕重傷，
救護車正前往連環車禍所在地。

讓每個人都心碎

蔣美經

她在人群中看見他的背影時，心臟像被人掏去了似的，整個人空空的愣住。世界變得無依無聲，她微微暈眩著，連呼吸都停了。

綠燈一亮，人群快速向前，她卻動也不動，直到後面有人撞上來，她嚇得叫出聲，腋下的皮包掉落，裡面的東西散了一地。周遭有人側頭來看，羞赧的情緒令她漲紅了臉，匆忙收拾後倉皇離去。日光閃爍，人潮來往熙攘，她零亂的腳步轉過街角後才放慢下來，慌亂的心潮卻再也無法平靜。

男人的髮，男人的背，男人的黑色風衣，是襲心的想念，也是湮遠的耽溺。

那年，她二十多歲，遇見男人，是在朋友的聚會上，男人穿著天藍襯衫和雪白長褲，在晚會的表演節目上吹奏口琴。男人認眞而陶醉的表情有著儒雅氣質，溫潤的睫毛上下眨動，帶點稚氣，尤其晚會結束後，男人主動來打招呼，眼底的波濤擾動她的心房，唐突卻逼眞，她聞到一股全然陌生的古龍水味，竟有點飄飄然。

明明身陷情愛的圍困，她還是故作矜持的堅守分際，醞釀一種微澀的、薄美的感傷氣氛。她必須這樣不動聲色，儘管她的眼裡、心裡滿滿都是他的形影。她喜歡聽他吹奏「戀曲1980」，他總說這歌是經典之作，她不懂音樂，他就是她的經典，像那質感優美的旋律一般，日以繼夜不斷浮現在她的腦海裡，滲透進她的身體，絲絲縷縷牽扯出似甜還苦的愛的綺麗。

天啊！請給我力量，給我希望。在他們走進結婚禮堂的那天，她雙手合十，祈求上帝護佑福祝她的託付，那是她這輩子僅有的浪漫，她要它一生璀璨。

每天早晨，她溫柔的喚醒男人，替他穿衣、備食，出門前在他臉上留一個深情的吻。夜裡，她從身後將男人環入懷中，貼緊他的背，他身上的汗水，髮際間的氣味和怦然動蕩的喘息，是她最深的依戀、最美的驚嘆。

那時候，悲傷還沒有開始，孤獨也離得很遠，春去秋來，恬適安逸。

直到某一個冬夜。

「妳的丈夫，陳立德，在外面有了女人。」

她聽得出來，電話是男人工廠裡的特助打來的，毫不掩飾的音調似乎故意要讓她明白。她早就明白了，男人的條件太好，會發生這種事不是沒有可能。上帝終究沒有善待她的祈望，想到男人的背叛她就發抖，像航行海上的船隻遇上暴風雨般，她知道要開始和命運對抗了。

如果在過去，她可以掉頭就走，但如今，她是他的妻，她離不開他，有太多難以割捨的情分，太多耿耿於懷的眷戀，她沒有選擇，只好原諒，畢竟男人還在她身旁，除此之外，她要不了別的。

在男人面前，她絕口不提此事，黑夜白天，繼續喬裝鎮定，勉力維持一場相安無事的婚姻，她堅信男人只是一時迷惑，一切會過去的。但她還是覺得悲哀，常常一個人倚著窗發呆，窗外的世界多采多姿，但她什麼也看不見，她已經被封閉在一個混沌世界中。

在那段了無生氣的日子裡，家宏搬進了他們這座社區。家宏就是她和男人相識的那場晚會的主人，最近剛拿到學位返國定居，恰巧成了她的鄰居。

家宏的出現多少讓她有種解脫感。他們經常約了在社區的小公園裡聊天，家宏超強的記憶力總會帶出許多她遺忘許久的點滴回憶，每回他們碰面都有聊不完的趣事，她因此開朗不少。

那陣子，男人忙著和客戶簽訂單，應酬增多了些，回家的時間愈來愈晚，她沒有多說什麼，只是搬到客房去睡，她要男人嚐嚐孤寂的滋味，但她也給自己帶來了無盡的空虛和難眠的夜。

那一晚，電力突然中斷，四周一片漆黑，她不曉得怎麼回事，只能屏息以待。過不久，家宏打電話來詢問狀況，並把收音機裡傳來的消息轉述給她聽，兩人聊了一會兒。掛上電話後，她又跌進暗夜的荒漠裡，魅影幢幢的壓迫感不斷加快她的心跳、癱瘓她的思慮。時間一分一秒過去，孤立無援的她眼神蕭索、臉色驚惶，一心只等著男人回來爲她解除這場夢魘。

當牆上十二點的鐘響傳來時，所有的揣測和憂懼到達了臨界點，她終於忍不住拿起話筒，撥了男人的手機號碼。

「喂？」居然是女人的聲音，彷如電擊般，她顫抖著手迅速將電話掛上。頓時，她感到全身無力，腦袋裡只想著一件事？這不是真的　這絕不是真的　排山倒海而來的恐懼正啃噬著她，而夜的魔咒似乎更張狂難解了。

好幾個鐘頭過去，電話鈴聲再度響起，她羸弱的拿起話筒，以爲會聽見男人的歉疚和解釋，但其實沒有。黎明之前，家宏領著她走出家門，天空飄著細雨，無聲地濡濕了她的面頰，宛若低泣的淚痕。

家宏替她煮了熱食，但她沒有胃口，她甚至無法開口。家宏替她在留言機裡留言，如果男人回來了，希望他能來接她。但直到清晰的晨光將黑暗驅散，男人仍舊沒有出現。

將近七點，她自己回家去，打開房間的門，裡面沒有男人的影子，摺疊整齊的睡衣還擺在床上，和她一樣有著等不到主人的沮喪。她突然非常絕望，驚駭、狂亂、致命的絕望，她貼緊著衣櫃，整個身體滑落至地板上，再也隱忍不住，崩潰地失聲痛哭。

當男人終於出現在眼前時，她的怨懟無處宣洩，百般委屈壓抑成淡淡一句：「我們分開一段時間，好嗎？」

她自己都不明白這究竟是蓄意試探還是斷然決裂，但其實都不重要了，因爲男人接著面無表情的說：

「我們離婚吧。」

她不敢相信自己的耳朵，不敢相信自己的眼睛，不敢相信男人居然眞的捨得離她而去，傾心豢養的情愛想不到也有如此荒腔走板的一天。

「好啊，那就……這樣吧。」她說。那一刻，她幾乎要死掉。

「你曾經對我說，你永遠愛著我，愛情這東西我明白，但永遠是什麼？」

後來，她病了一場。每天，她一個人待在靜寂的病房裡，吊著點滴，像被催眠了似的毫無知覺。世事的滄桑變奏，人性的愛欲生滅，和躺在病床上、面無血色的她一點關係都沒有，那段晦澀的濃情，那位深愛過的男子，都被埋在回憶的廢墟裡，像蒙塵的前世。

而此刻，男人就在她身後不遠處。

剛才穿過馬路時，他聽見後方有聲響，好奇轉了個頭，便見到她。她正蹲在地上撿東西，原本瀑垂的長髮已經剪去，露出絲緞般光滑的頸項，美得讓人眩目，他幾乎聞到她身上的紫羅蘭馨香，那是他記憶裡恆久發散的特殊氣息。這樣沒有預兆的在街頭相遇，他懷疑這究竟是真實，亦是幻影？就在她即將被人群吞沒之前，他一邊調整呼吸，一邊下意識的移動腳步追上去，跟在離她有點距離的後面，配合她的步調行走著。

他一直很想配合她的步調，從相識到交往，到婚後的生活，他始終小心翼翼。安穩沉默的她，總讓人猜不透在想什麼，但他欣賞這種含蓄美。吹口琴的時候，她略帶靦腆的看著、笑著，那笑容有點不自然，那份不自然讓他心動，他討厭世故練達或太有個性的女子，而她的若即若離擴大了愛情的規模與能量，他極渴望能靠她更近更近。

三十出頭的年紀，收入優渥，工作穩定，有車子、房子，有心愛的女人，那日子眞是幸福得沒話說，他想不出還有什麼好挑剔的。婚後他變得很不喜歡和朋友聚會，因爲別人抱怨的事他沒感覺，而他感覺的完美也無人分享。他的心底早有了計劃，他只要和他心愛的妻廝守終生，其他的，他都不在乎。

但計劃出了點意外。

有次和客戶應酬時，他的特助麗雯也跟了去，她酒量奇差，才一杯高粱就有了醉意。席間一再有人熱情勸進，他擔心她不勝酒力，恐將失態，便替她擋了下來，無意中自己也喝多了。送她回家時，他必須攙扶著她進房，而她躺上床後，兩隻手竟纏著他不肯放，臉上漲滿的紅酡正嬌媚的煽惑著他的肉欲。要不是麗雯存心勾引；要不是他多喝了幾杯；要不是他的妻正好那幾天去了南部，要不是……

夜裡，他清醒過來，看見地上的黑色風衣，那是他們去義大利蜜月旅行時，妻子爲他買的，此刻，那風衣像長了眼睛，正哀怨的與他對望，他突然冒起冷汗，情緒紊亂。

後來，他給了麗雯一筆很高額的遣散費，並幾近哀求地，要麗雯爲他保守秘密。其實他好幾次想向妻子懺悔，愧疚與心虛令他十分痛苦，恨不得坦然說出一切，但他鼓不起勇氣，一心只希望這件事趕快過去。就在他努力彌補裂隙時，家宏出現了。

家宏過去也是她的追求者之一，這次突然搬來，未免太過於巧合？家宏在自己家裡成立工作室，時間很自由，因此常約她出去，而且次數頻繁，連大樓的管理員都警告過他，但他無可奈何，他相信他們會有分寸的。只是妻子從此變得更沉默了，經常獨自一個人離了魂似的倚著窗，半天沒有動靜，後來甚至要求分房睡，說他的酒氣令她暈眩，他聽了悶悶的，覺得事情很不對勁。那陣子景氣很差，訂單萎縮了一半，廠裡有幾個員工在鬧情緒，他一個人忙得焦頭爛額，疲於奔命。

那夜，他和幾個客戶吃飯談生意時，突然停電，以爲沒什麼大礙，便等了一會兒。當店裡宣佈是大規模停電時，他擔心妻子，打電話回家卻怎麼也沒法接通，連續撥了五、六次都一樣，他以爲受了電力影響，電話也不能用了。

離開餐廳，外面還是漆黑一片，除了車燈以外，再也看不見其他燈光。路口的紅綠燈失了效用，交通完全停擺，他的車困在當中動彈不得。幾個計程車駕駛索性下車閒聊，他聽見前面因爲有車禍事故，所以堵得厲害。

好不容易通過路口時，他發現一輛出事的車很眼熟，仔細察看，果然見到一位熟識的朋友正坐在地上，額頭流了好多血，救護車一直沒來，他決定親自送朋友去醫院。

附近的路況仍然很糟，他繞了好多路，費了好大的力氣，才在接近午夜時將人送到一間大型醫院裡。這裡雖然燈火通明，但急診室裡早就人滿爲患，醫生、護士忙得人影都看不見，他在混亂中四處求助，卻連一個座位也求不到，朋友傷勢不輕，他不敢貿然離開，只好在那裡等了又等。

等了三個多鐘頭，才見到護士來替他的朋友止血、包紮，醫生診治完、領了藥，再把朋友送回家去，他這才鬆了口氣。

就這樣折騰了一整夜，他累得不成人形，其間，他好幾次想和妻子聯繫，卻又擔心吵到她睡覺，而且剛才一陣兵荒馬亂，他的手機已經不曉得掉在什麼地方了。從來沒有徹夜不歸的紀錄，這下可得好好解釋了，在那之前，他想先和妻子來個溫暖的擁抱，驅趕他一身的疲倦。

但很快地，回到家後，他發現妻子根本不在屋裡。

又倦又慌的他想不透妻子究竟去了哪裡，他做了許多不安的猜測，直到聽見留言機裡的留話時，原本急切的心瞬間冷了下來。妻子在家宏那過夜？電話留言是家宏的聲音，為什麼妻子不自己留話？這意謂著什麼？莫非他們眞的……這絕對不可原諒！伴隨著一股莫名的怒氣，他有種很不祥的預感。

但他沒有把妻子接回來，他害怕那樣的尷尬場面，或許會撞見什麼難堪的事也說不定。猜忌和恐懼不斷在心底交戰，他這時已經毫無睡意，看看錶，六點五十分，他決定去工廠巡視一趟。

接近中午的時候，他在廠裡接到家宏的電話。

「你昨晚去哪了？」

「昨晚，別提了。」

「不管是什麼重要的事，你都不該把生生一個人留在家裡，你難道一點都不擔心她嗎？」

家宏的指責讓他一肚子火，但他不想解釋。

「說眞的，阿德，你們到底怎麼了？」

「什麼怎麼了？」

「唉！早知道你會背叛她，我當初就不會成全你們。」

「你在說什麼啊？」

「你別再裝了，生生她什麼都知道，你啊，眞的太過分了……」

果然。他其實一直懷疑妻子早發現那件事了，沒想到是眞的。

「你如果那麼不珍惜她，就放她自由吧。」家宏說：

「這一次，換你成全了。」

當她提議分開一段日子時，他才猛然注意到，她的瞳孔深處像冰原般僵冷決絕，昔日飽含激情的視線早已消散，他再也進不去她的溫暖懷抱，再也喚不回她的款款深情，他連祈求她原諒的勇氣都沒有。空氣中有著細微的剝裂聲，那是他坍毀的心，片片碎落，同時伴隨著一股焦味，像木炭燒盡。

「我們離婚吧。」說這話時，他非常冷靜。無論他再怎麼努力也換不回她的信任和愛，他不想讓彼此感覺累贅，爲了她已然成形的另一場幸福，他只好這麼做，雖然他隱隱盼望著她能挽救，但她卻默許了。

「或許我們分手，就這麼不回頭，至少不用編織一些美麗的藉口。」

她離去之後，屋裡所有的擺設都維持原狀，他每天淹溺在那些褪色的回憶裡受著無邊的折磨。夜裡，枕邊飄散著她慣用的香水味，床的另一邊總有些無法鋪平的皺摺，他有時會看見她緊抱著雙腿靠在床頭，無垠的黑暗裡，一種很輕很輕的嘆息聲在他耳邊廝磨著。到後來，他無法再忍耐被這些幻影和殘響所包圍，他將房子低價賣了，搬進工廠的宿舍，委身在小小的斗室裡。

他好幾次想離開，離開這塊心碎的土地，他有幾個機會可以這麼做，但最終仍舊捨不得。他每天早晚不停的工作，累到沒有力氣，回到宿舍裡倒頭就睡。在夢裡，他回到從前那段靜謐的時光，見到他美麗的妻，聽見她細瓷般的笑語，他的眼角偶爾會流下幾滴淚來。

天氣這樣好的週末下午，一條種滿尤加利樹的街道，如果是兩人牽手漫步著該有多好，而現實是殘酷的，他們到不了那樣美好的境地。但如果此刻，他上前將她攔住，會不會……他還在幻想著，她已經走進路口的咖啡廳裡。

接下來怎麼辦？他在對街的騎樓下來回踱步，雙手從大衣的口袋拿出來磨擦幾下，一會兒抱在胸前，一會兒又放回口袋去。時間不知不覺的流逝，他仍舊躊躇著。是悄悄離開？還是鼓起勇氣和她相認？重新邂逅，她會有什麼反應？幾年過去，她應該原諒他了吧？上帝冥冥中安排了這次的巧遇，一定隱含著某種契機，這一次他絕不能再搞砸了。

思索周延後，他整整衣領，就要跨出步伐，卻突然見她從店裡走出來，臉上帶著笑容，他詫異地以爲她看見他了，心裡一陣雀躍，但他的表情隨即凍住，急忙轉過身去，因爲他發現她的身後緊跟著一名男子，兩人並肩朝另一個方向走去。

一股悲涼從心底衝上喉頭，他靠在柱子上，低頭看著自己的腳尖，眼睛許久都沒眨一下。她已經有了溫暖的臂膀啊。剛才他還差點衝動的想把她叫住，眞像個傻瓜，一切都只是他的癡心妄想。耀眼的陽光瞬時被遮蔽，天地看起來陰鬱而空虛，強風吹來，他幾乎支撐不住。

她坐進車裡，繫上安全帶。

「林醫生，今天謝謝你。」

「哪裡，好點了嗎？」

「有的，眞是多虧你了。」

在那段難熬的低潮期，朋友介紹她看心理醫生，她勉爲其難的接受了，發覺還是有一定的幫助。幾年下來，她仍然維持著每星期和醫生碰面，不同的是，他們約見面的場所已經從醫院改到咖啡廳，醫生覺得這樣比較不會讓她感覺負擔，而事實的確如此。

「要不要到我家吃飯？我老婆今晚煮紅燒蹄膀，很美味的唷。」

「不了，謝謝，下次再打擾吧。還是麻煩你送我到車站就行了。」

「好吧，下次等妳有空囉。」

車子滑出了停車場，時速60往前駛去，她無意中看見路邊騎樓下一個身影，那人低垂著頭，像一尊供人駐足觀賞的銅像。在那倏忽而過的瞬間，他身上那件黑色風衣的衣擺在強風中使勁飄動，她的心也莫名跟著顫動，恍惚中，她彷彿又聽見那首曲子：

「啦啦啦啦啦……，親愛的莫再說你我永遠不分離。」

千斤頂之戀

黃永芳

五分鐘前，阿素還在煩惱下禮拜要交的企劃書內容；但現在她腦子裡想的只有一件事：

「要怎麼離開辦公室？」

本來今天只是一個很平常的加班日。

一如往常，在同事都離開之後，阿素放下電動鐵捲門，替自己泡杯菊花普洱，把喇叭音量調大，再打開整排投射燈，對著電腦邊寫報告邊上網蒐集資料；如果寫得煩了，可能幫自己煮杯新鮮的Cappuccino，或跟朋友ICQ、抱怨一下，再繼續認命地趕工，並搭最後一班捷運回家。

然而今天情況有些變化；阿素正準備煮咖啡的時候，音響停了，辦公室陷入一片黑暗。

「又斷電了？不會吧？」阿素皺起眉頭。

這陣子大樓內部水電管線在進行維修，工人有時候會利用下班時間進行測試，晚上七點一過，電腦無預警斷電，或者上過廁所突然沒水洗手，都是常有的事；不過，也由於是測試，通常三分鐘內就會恢復正常。

但這次情況不太一樣。雖然不太清楚過了多久時間，但阿素很肯定絕對超過三分鐘；她摸到擱在桌上的手機，卻發現綠色的螢幕上顯示，現在收不到任何訊號。

望向窗外，外頭也是一片黑暗，路燈和霓虹都熄了，只有零星的車燈閃爍；另外，她也發現不遠處的人行道邊停著幾輛公車，像防空演習時一樣。

應該不會在晚上八、九點時進行防空演習吧。阿素心想。

整個情況透著詭異，阿素腦中頓時浮現許多可怕的畫面，比如世界大戰爆發，或彗星撞地球之類，

「我不要一個人待在這裡！」

阿素越想越害怕，跌跌撞撞地往門口奔去，連撞了幾個桌角，也顧不得疼，衝到門口才想到鐵捲門被自己放下來了。

「救命……救命……救命啊！」

阿素想起以前看過的災難片情節，困在密閉大樓裡頭的人，沒幾個有好下場，自己向來又四體不勤，連走路時間稍微長一點都會喘上半天，要被激發出印第安那瓊斯般似的潛能大概不太容易。

只能繼續使勁大喊：「拜託！誰來救救我啊！」

她用力搖了搖鐵捲門，它仍然堅忍不拔地站在那裡，只發出輕微的窸窣聲。

「救救我……救我……救我……」

這棟大樓似乎只剩下阿素一個人了，呼救聲泛起陣陣迴音。

阿素心灰了一大半，雙腿一軟，靠著鐵門癱坐下來，鋼鐵的冰涼透過背脊蔓延。

冰箱裡還有食物，飲水機應該也可以再撐上一陣子，可是，怎麼出去呢？

辦公室在18樓，跳下去不死也剩半條命；鐵捲門旁邊應該有條鍊子可以幫忙拉起來吧？但是不曉得藏在哪塊板子後頭，就算找到了，以自己的力氣大概也拉不起來……

「不曉得若干年後才會被人發現？也許報紙上會出現一條新聞：『停電之夜無人救援，上班女性活活餓死』；也可能這根本就是世界毀滅的前兆，等被發現的時候，已經過了好幾個世紀，甚至沒有人類，而是被外星球的考古學家當成研究地球歷史的教材……」

隨著時間一點一滴過去，阿素對於救援越來越絕望，想像力也因此更加發揚光大。

「也許他們檢驗屍體時，會發現這個女人的血液中只有工作，沒有任何享樂因子存在，然後被歸到『工作機器』那一類……」

當她的幻想進入大腦被解剖的部分時，對面的牆壁上映出一團模糊的影子。

「不會吧？外星人眞的出現了？」

阿素一下子分不清現實與虛幻，揉了揉眼睛才發現，影子可能是手電筒之類的東西造成。

所以，有人聽見自己的呼救了？

她轉身，果然看見手電筒的亮光，在黑暗中遲疑了一下。

「我在這裡！」她用力地敲擊鐵捲門，「拜託，救救我。」

那人踏著大步走過來了，是個戴著粗棉手套的年輕男子，一手拿著手電筒，一手提著汽車用的千斤頂。

他把千斤頂和手電筒平放在地上。

「等下我會想辦法把鐵門抬起來一點，請你把千斤頂塞進鐵門下面，好嗎？像這個樣子。」

男人示範了一下千斤頂的擺法，又把手電筒從鐵捲門鏤空處塞進去給阿素。

「拿著。等下我把它抬起來的時候，你就趕快把千斤頂拖進去擺好。」男人示範了一下千斤頂的擺法，「像這樣。」又指了指鐵捲門，「要開始囉。」

阿素一覷見鐵門被抬到手腕可通過的縫隙，便將門外的千斤頂用力拖過去，幫著把它架起來；看著男人把千斤頂一吋一吋地搖起來，阿素的精神也隨著一吋吋升起，然而，還不到阿素的膝蓋高度便停住了。

「只能到這麼高，看來妳得用爬的。」

阿素吸了口氣，慶幸自己今天穿了長褲出門，笨手笨腳地爬出辦公室後，全身的力氣像被抽乾似的，整個人重心不穩地倒在男子身上。

「喂，妳……妳還好吧？」男子有點不知所措。

「我好得很，只是有點累。」阿素啐了一下，「借靠一下會死啊？這麼小氣。」一邊說，一邊設法讓自己保持平衡，剛才坐了太久，有點麻木。

「眞是好心沒好報。」男人有點無奈，一邊把千斤頂搖下一邊說，「好吧。但不能靠太久哦，我還要去救我女朋友。」

「啊？眞是不好意思……」阿素把重心移到右腳，慢慢站起來，「你女朋友也在這棟大樓嗎？我跟你一起去好了。」

碰！

失去支撐的鐵門掉了下來。

「妳自己下樓回家吧，我自己一個人來就好。」

「別這麼見外嘛，而且，」阿素換上一付很可憐的語氣，「停電的情況好像蠻嚴重的，電話、手機都不通，把一個女孩子丟在黑暗的大樓裡，你不覺得很危險嗎？」

「好啦。眞是麻煩。我要上22樓，動作快一點。」

阿素幾乎要用跑的才能追上男子的腳步，雖然只有四層樓，卻讓她覺得好像跑了馬拉松一樣疲倦。

一出樓梯間，男子用手電筒掃了一下，不太確定地說：「全安保險是在左邊沒錯吧？」

「是啊。」阿素有些疑惑，「你沒上來過啊？」

男子沒說話，往左方鐵捲門奔去，阿素跟在後頭，像是老搭檔似地配合無間；沒多久，鐵門被支起來，男子也不管阿素，自顧自地鑽了進去。

「雯雯！妳在嗎？我來救妳了。」男子一邊用手電筒掃視辦公室，一邊喊著，「雯雯，妳在嗎？」

阿素緊緊跟在後頭，一方面幫著找人，一方面也怕跟丟了，自己又陷入黑暗中。

「ㄟ，那邊。」

阿素聽見左方的小房間有聲響，拉著男子過去。

「雯雯，妳……」

男子半個人擋在門口，阿素感覺到他整個人在顫抖，好奇地探頭看了一下，結果讓她目瞪口呆。

那個被叫做雯雯的女子，散著頭髮，襯衫釦子敞著、露出半邊乳房，胸罩不知到哪去了，正叉著腿跨坐在另一個男人身上，男人腳邊散著亂七八糟的衣物。

阿素以爲這樣的場景，只在好萊塢電影裡頭出現，萬萬沒想到自己竟有機會在現實生活中親眼目睹。

四人面面相覷。

「小凱？」雯雯一臉錯愕地先開了口，「你……你怎麼會來這裡？」

「妳不是說要加班嗎？怎麼連停電了都不知道？」小凱冷冷地說。

「雯雯，他是誰？」被雯雯壓在下面的男人問。

「就是之前跟你提過，那個纏著我不放的傢伙。」

小凱整個人僵住了。

「我不是叫你不要再來找我嗎？」雯雯顯然恢復了冷靜，「你這樣子會造成我的困擾耶！」

「我以為妳只是說說氣話，沒想到……」小凱有點哽咽，「我們真的完了……」

一陣尷尬的沉默。

「那麼，現在你可以死心了嗎？」雯雯說。

「夠了！」

小凱爆出這句話，便頭也不回地往門口奔去，阿素想都沒想便跟在後頭。他下樓梯時又快又急，怕跟丟了的阿素在轉彎時因為衝得太猛，好幾次差點像保齡球一樣滾下樓梯，直到一樓大廳才稍微緩一點。

「等……等我一下……」阿素上氣不接下氣地，「你走慢一點嘛。」

「妳幹嘛跟著我？」

「你以爲我願意啊？我的東西都在辦公室裡面，現在也無處可去啊！」也許因爲精神比較放鬆了，阿素竟然哭了起來：「對啦，我是一個人見人厭的工作狂、老處女，除了辦公室，根本沒其他地方可去。嗚嗚嗚嗚嗚嗚……」

小凱獃住了。

他有一種很荒謬的感覺，不明白爲什麼好心跑來救人，卻遇見一個比一個討厭的麻煩；先是撞見女友，不，前女友，跟別的男人偷情，眼前這個被他救出來的女人，又莫名其妙地大哭，好像一切都是他害的。

「有沒有搞錯啊？哭的人好像應該是我耶！」

小凱的話不但沒止住阿素的眼淚，反而像要出清存貨似地滔滔不絕；阿素哭得性起，索性蹲下來抱頭痛哭。

「咦，妳是怎麼回事呢？」

小凱跟著蹲下來，認眞觀察對面的女子，略顯凌亂卻俐落的短髮、質感不錯的線衫長褲，怎麼看都像是女強人的類型；但現在卻像個耍賴的小女孩一樣，蹲在地上大哭。

「沒……沒有人愛我……大家都嫌我是男人婆……」

哭得上氣不接下氣。

「怎麼會沒有人愛妳呢？妳又不老、又不醜……」

只是有點兇。小凱在心裡偷偷地說。

還在哭。不過聽起來已經開始在恢復了。

「ㄟ，妳哭完沒啊？」

停了好一會兒。

「請……請問，你有沒有面紙？」她抽抽搭搭地說。

小凱在身上翻了半天，掏出一包皺巴巴的面紙，有點羞赧地遞過去。

「只有這個，妳將就著用吧。」

「眞是不好意思，剛剛耽誤你那麼多時間，」阿素低著頭，擤完鼻涕擦完眼淚，才又抬起頭來，「請你喝咖啡好嗎？」

「這件事恐怕有點技術上的困難，」小凱有點忍俊不住，「一來現在停電，咖啡店都沒法子營業，二來你好像現在也沒帶錢出來吧？」

阿素愣了一下，有點訕訕地：自己褲袋裡是有些零錢，但恐怕連買杯Starbucks的咖啡都不夠。

「這樣好了，妳陪我去兜兜風、聊一聊，就算是謝我好了。」小凱指著外頭的重型機車。

阿素毫不猶豫地跨上機車後座。

「坐穩了嗎？」小凱確認後座乘客的情況，「要出發囉。」

「嗯。」

車子正要起步，小凱想起了什麼似地，抓了一下煞車。

「怎麼啦？」

小凱補充說明著，「我剛過來的時候，前面路口出了連環車禍，看起來蠻慘的，所以會繞一點路。」

「沒問題。」阿素笑一笑，脫口而出：「我相信你。」

阿素覺得今晚眞是太奇怪了。先是被停電困在辦公室裡，接著又目睹一樁情感走私的床戲，現在，她又跟一個認識不到三個小時、連名字都不知道的男生共騎一輛機車，往近郊山上奔馳。

最奇怪的是，她一點都不覺得危險，反而有種微微的安心。

「妳怎麼會被困在辦公室裡啊？」小凱先打破沉默。

「就像剛才說的，很無聊啊、無處可去，只好留在辦公室裡加班，消磨時間。」阿素嘆了口氣，有點沮喪地說，「你能想像嗎？我都已經三十歲了，可是還沒好好談過一場戀愛。」

「不會吧？」遇到一個轉彎，小凱差點衝到對面車道，「老實說，還眞的有點難以想像。」

「看吧。」阿素聳聳肩，「那你呢？今天怎麼會跑過來？」

「雯雯，就是你剛剛看到的那個女生，是我女友……」小凱頓了一下，「其實也不算吧，她根本就沒愛過我……」

「怎說？」

「從我們剛開始在一起，就有很多人傳說她另有別的男朋友，只是我始終相信她不會。」小凱苦澀地說，「本來今天我要回南部的，但遇到大停電，想到她說今晚要留在公司加班，所以……」

「可是她剛才不是說……」

「分手嗎？其實之前已經吵過蠻多次了，她嫌我這嫌我那，就是不肯說清楚要分手的理由。」小凱有點苦澀，「我本來以爲她只是心情不好，鬧一鬧也就算了，沒想到……」

「想不到的事情可多了，所以就別想太多啦。」阿素拍拍小凱的肩，「天涯何處無芳草，何必單戀一枝花？」

「是啦，這山上到處都是櫻花。」

兩個人都笑了。

阿素發現這個男孩子十分有趣，而且有一種讓人安心的特質；不知不覺間，她跟他交換了許多這些年來的人生歷練，還有很多深藏著、不爲人知的想法。

也許因爲今晚奇特的際遇，兩個人除了彼此的名字外，很有默契地沒問對方更多個人資料。

也許因爲沒有情感上的負擔，兩個人聊起天來非常暢快，一點兒都不覺得疲倦。

「愛人需要付出力氣，但愛情不是光用力就可以得到。」

聽完小凱的戀愛事蹟後，阿素下了一個結論。

「怎說？」

「爲喜歡的人付出原本無可厚非，不過，你有沒有發現，你爲她們做的事情，都是『你覺得這樣比較好』，而不是『她們眞正需要』。」阿素頓了一下，「恕我直言，你沒先搞清楚狀況，人家不領情很正常。」

「…………」

「打個比方好了，你今天不是用千斤頂把鐵捲門抬起來嗎？只靠蠻力，大概很難把它抬起來吧？如果能先找到工具，或先想清楚方向，就比較容易了。對人家好也是一樣，光靠一股熱情悶著頭做，只會浪費力氣。」

小凱有點不服氣：「我比較相信愚公移山的腳踏實地。」

「那也得先想好要把那兩座山搬到哪裡吧？」

「…………」小凱不好意思地笑笑，「這倒是……」

「ㄟ，問個問題。」

「唔？」

山上有點涼，阿素挨著小凱的背脊，溫暖而安全的感覺，讓她不知不覺打起瞌睡來。

「妳有沒有想過，自己會跟什麼樣的男人談戀愛？」

阿素呆了一下，「沒特別想過，遇到就知道了。」

「妳遇過嗎？」

「不曉得……」阿素想起過去遇過若有似無、隨後無疾而終的感情，「大概沒有吧。」

「那……」小凱猶豫了一下，「妳覺得，呃……我們有沒有機會在一起？」

「不可能。」阿素反射似地脫口而出。

「爲什麼？」

「我們才剛認識，而且，你根本不了解我是什麼樣的人。」

「有時候自己都不了解自己，就算是認識很久的人也不見得能了解。這應該不是理由。」

小凱好像突然開了竅，讓阿素愣了一下。

「該不會是缺乏安全感吧？」小凱半開玩笑半認眞的說。

一時間，阿素竟不知道該怎麼回話。

沉默横亙在兩人之間。

「我想回去了。」阿素望著遠方微微發白的天空，「可以請你送我到附近的公車站牌嗎？」

「不讓我送妳回家？」

「這樣就可以了，真的。」阿素淺淺地笑著，「我身上的零錢還夠我坐公車。」

「好吧。」

小凱答應得很乾脆，讓阿素有些悵然若失。

「那就，有緣再會囉。」

「嗯。」

阿素上了車，坐在前排的靠窗位置，從後照鏡裡，她看見小凱仍騎車跟在公車後頭，遠遠地。

直到她在市區換了車。

到家已是清晨時分。泡熱水澡的時候，阿素意外地發現，自己正被濃濃的睡意侵襲。

打從三年前換工作到現在，已經很久沒有這種放鬆的感覺，她一向有失眠的毛病，又睡得很淺。

阿素決定跟老闆告一天假，在家裡好好休息。

爬上床，沒多久就沉沉地睡著了。
當天下午，她帶著微笑醒來。

雖然第二天各地的電力供應就陸續恢復正常，但這場原因不明的大停電，不僅讓民眾生活秩序大亂，連帶全國電信系統也隨之癱瘓，經過相關單位努力搶修，總算在停電結束後三天恢復了大部分地區的通話，但人們還是常常會在街頭看見，扛著維修裝備、在街頭四處奔走的電信維修人員。

阿素仍舊如工蟻般超時工作，只不過，她請工友伯伯準備了手電筒和千斤頂，擱在門口的小櫃子裡頭，也請總務部門安排了「鐵捲門逃生」課程；因為遇到好人的機會不大，尤其是像小凱這樣的人。

應該很難再遇到了吧。

阿素把視線從螢幕移開，有點微微的感傷。

已經七點了，辦公室又是一片空曠。

她離開座位，準備替保溫杯裡的菊花普洱添些熱水；經過門口的時候，她發現鐵捲門外好像有人。

「哈囉！」

是小凱。

「嗨！」阿素走向小凱，「好奇怪，我們每次都是隔著鐵捲門見面。」

「誰叫妳總喜歡把自己關在鐵窗裡面。」

阿素抿著嘴，瞧不出來表情是嗔是喜。

小凱有點不知所措：

「妳……在加班啊？」

「顯然是。」阿素忍著笑，「你今天又來營救女朋友嗎？」

「算吧。」小凱笑了，「不過，我今天沒帶千斤頂，而且，還沒吃飯。」

「那怎麼行？」阿素搖搖頭，「萬一哪天又停電了，誰來救我？」

小凱傻笑。

「不過，你今天運氣好，沒遇上停電。」她隨手按下旁邊的紅色按鈕，「我們去吃飯吧。」

兩個人的黑

鄒馥曲

1

你們，
同居在一座既幽晦又光燦的城，一同呼吸著同樣含碳過高的空氣，一同淋濕著同樣含硫過多的雨水。卻彼此，並不相知。
在不同的時間裡，你們曾在同一家百貨公司；同一家銀行；同一輛計程車；或者同一部窄小的電梯裡，遺留下各自的體味，讓它們兀自邂逅、攀談，交往進而結合。
詭詐的時間，使你們在相同的空間裡錯失彼此，但時間萬萬沒有想到，在祂流轉到下一刻鐘的某一剎，你們竟然以某種時間無法掌控的形式，重遇、重戀……

2

你們之間的妳，現在正躺在一盞蒼亮的燈下，十隻纖細的手指，在妳染上青輝的臉龐，揉、捏、撫、搓。

是，這手指，屬於妳的美容師。美容師的手指，此刻正掐起兩塊沾濕的海綿，快速抹去妳臉上的按摩霜，然後一邊用甜美的聲音說：

「這樣按摩後，妳明天就比較好上妝。」

是的，上妝，妳明天要請這位美容師爲妳畫上濃濃的妝，濃到妳幾乎認不出來自己。

自己？也許妳從來不曾認識自己，妳像海裡魚群中毫無特色的某一尾，妳像砂灣上無法細數的某一粒砂，有時，妳會平凡到幾乎消失在浮塵間，讓自己找不到自己，就好像妳躲在銀行的營業櫃檯後，毫無表情地理數金錢之時，自然地把自己排除在每月最可親的營業員以外。

因爲，妳幾乎忘了自己的存在，忘了自己也是競爭者之一。

然而，妳明天就要畫上濃濃的妝，在一個宴會席中，站在一個焦點的位上。妳沒有特殊的感覺，只有一點微微的緊張。妳在緊張什麼，是擔心自己宴會上的演出？亦或宴會後所需步入的陌生人生？妳不清楚，亦無法分析，就像妳不能分析妳對宴會上另一位主角的感覺，是喜歡，還是不討厭。

宴會上另一位主角，是妳的新郎，妳的新郎與妳相識正好在今天滿兩週年。

兩年前的今天，妳與妳的新郎在一個親友特別設計的聚會下，符合衆人期盼地認識、來往、乃至結婚，那過程合理順利到像一棵樹，必須吐蕊、含苞、開花、然後等著結果。

妳想妳的準公公與準婆婆，現在正等著妳和妳的新郎，在明天的宴會後，早日爲他們家，結一個開心的果。因爲，不只一次，妳的準婆婆一面注視著妳的臂，一面勾起嘴角，細細地笑著。

是細細地笑著，那笑容多麼相似於妳的新郎，妳的新郎總是抿著唇細細地笑，這神情，含著幾分女態，使妳感覺不悅，但妳想，那份不悅還不至於讓妳不能忍受與他生活一起，所以，對他未徵求妳的同意逕舉家來到妳父母前提親這事，妳並不十分生氣，再加上妳的新郎說：

「妳都和我睡過了，難道不就是表示要嫁我嗎？」

因此，妳也不便再表示什麼了。

現在，妳的美容師已經抹淨妳的臉，正往妳臉塗上綠色的敷臉泥。

綠色的敷泥非常冰涼，那使妳臉上敏感的肌膚，起了一陣連妳亦無法察覺的痙攣。

太輕微的痙攣，是無法使妳察覺，就如同妳平凡的人生裡無數細小恍如水漪一般的痙攣，是無法遞到妳的神經中樞，讓妳感受。

舉例來說：當妳的新郎講「妳都和我睡過了，難道不就是表示要嫁我嗎？」那句話的時候，妳的胃部曾經微微地抽搐，而妳漠然允諾的同時，妳的左心房甚至有更大的一個抖動，但不知道要說妳的中樞神經太過遲鈍，抑或是這些振顫太過渺小，不然，妳或許會聽到妳心靈來不及脫口就深深溺入潛意識的，

疑懼。

可今天，敷泥扒在臉上的感覺畢竟太過強烈，強烈到像妳明天就要步入禮堂那般地迫切，因此，妳的意識開始抗拒妳臉上的敷泥，妳的潛意識開始抗拒妳的婚禮；開始分泌出一個又一個妳從來都忽略的疑問……妳愛妳的新郎嗎……愛情是什麼……電視劇裡的驚心動魄是眞是假……

那疑問一點一點，漸漸竟充塞妳的胸臆，於是妳忍不住叫了聲：

「敷夠時間了沒？我想擦掉了。」

3

在時間尚未移轉到下一刻鐘前，你們，

分處於城市的兩端，若兩塊互不隸屬的光圈，進行著互不統涉的故事……

4

而，你們之間的，你，

在下一刻之前的現在，正躺在一具溫柔的女體之旁。女體溫柔的手臂，環住你的胸膛。像一隻安靜的兔子，呤哦均勻的呼吸，彷彿對你盛讚，適才的性愛，美妙無比。

全然發洩後的你，有些疲累，鬆弛的眼皮，掀掀，掩掩，終於蓋上。

才一蓋上，你就看見你三歲幼兒，天真的憨笑，在你未熟的夢裡。

未熟的夢裡，你先是對著嬌兒舉臂，喃喃叫喚，待一步一步靠近，你卻猛地睜眼，像嫌疑犯赫然想起在犯罪現場留下證據時，那樣倉皇。

你一咕嚕坐起。彷彿兔子的女體，拋出貓樣的囈語：

「不要離開我……」

你毫不理會，推開女體滑落的手臂，你起身走進浴間，胡亂沖洗，繼之，踱到沙發前，捻開幽黃的燈，坐到椅上，點燃一根菸。

你雙腿交疊，以手抱肘，吮一口菸，讓尼古丁開拓你的胸腔，耕耘你的罪惡感。

你的罪惡感隨著你與兒子的日益親密的關係，與日俱增，而且，總在與女人（包括兒子的母親）做愛後，那罪惡感，才會像浪擊岩岸般的，一擊接著一擊。

煙，繚繞在你的目前，你試圖從迷離的煙狀，去構畫與你做愛過的女人的臉，包括兒子母親的臉。

兒子母親的臉？你眨一眨眼，煙仍舊迷離，你只記得一雙盈盈大眼，一張櫻櫻小口，可就是拼不起一張妻子的臉。

妻子的臉，像一張張印製出來的鈔票，鈔票重疊在每一張與你發生肉體關係的女人的臉上。

你帶著那些光鮮的臉蛋兒，進出在你的人生，猶如你不斷變換的名車，展炫在你人生的舞台，這原本像魚中有水水中有魚那般天經地義，只不曉，爲何在嬌兒一吋一吋長大，眼神一點一點明晰之後，你心中那原本不存在的罪惡感被撩撥了起，好像你面對了兒子那瞳眸的「眞」，就很難再以「假」去相對；好像你看見眞正的波光瀲灩，就心虛於鑽石折射的小小輝芒。

你再吮口菸，想釐清自己，但你整個思緒卻益加迷離，迷離地像你忙碌的人生。

你善於累積榮耀的忙碌人生，善於累積艷羨的忙碌人生，卻必須犧牲自己。

就比如吧：你明明酷愛音樂，熱愛運動，曾經幻想自己是搖滾歌手，籃球國手。但，你選擇親人朋友認同的路——通往財富地位的路。

再比如吧：你明明喜歡細眼、平胸淡如小花的女孩，每每見到這種女孩就抑不住胸膛擊鼓。但，你卻選擇親人朋友認定的美女——表徵你才幹魅力的美女。

你為了掌聲帶著面具過你的人生，唯，當全身細胞達到恣情的放縱之後，你的面具灘化成汗水，你的虛假飄然入睡，因之，你兒澄澈如泉，明淨如無雲靛空的眼，透照出你隱藏不露的眞實後，你憾然而醒！

但，醒，只醒在一團煙霧的迷離裡，你再吮一口菸，喟一口氣，煙的迷離益加膨大，膨大到模糊掉，落座沙發的你……

5

時間輕輕流轉，在這座城，淡得沒有人聽到祂的聲音，淡到沒有人會去臆想：時間走到下一步，會把這座城帶到什麼樣的景況？包括，妳，和你。

6

嗯……嗯……嗯……滴！

隨著電器用品掙扎地咽了一聲，你和妳，相距十幾公里的兩個人，同時陷墮一種黑，彷彿曾有記憶中的黑，那黑帶著一種隆隆的聲，在你們兩個人的腦中響……

只在你們的腦中響，因為這座城中的其他人在這時刻只忙著找蠟燭，找手電筒，找電話問電力公司：

「搞什麼？怎麼停電了？」

只，你們沒有忙，因爲停電之前，你們剛好維持了一種懷想的姿態，剛好醞釀了一種細密的懷想，你們讓停電後的黑暗，啓動有關你們所共有的，那段黑的記憶。

記憶的開頭只有黑，和隆隆的聲音，你們像品酒，單啜了口，還沒有嚐。

現實把你們拉回整座城共有的黑，妳，離開已點起蠟燭的美容院，走進漆黑的巷道，預備到巷口騎機車回家，等待明日的婚禮。你，則離開與外界黑成一片的套房，踏進涼風徐徐的陽台。

陽台下也黑，你望向天，黑天竟透著藍，孤孤遠遠掛著，指甲片似的鉤月一抹，腦中隆隆的聲再起，你看到的記憶中的黑。妳，

在你看盡弦月的時候，妳也正舉起頭，望向樓房黑廓切割出的一長方在黑暗當中益顯透亮的天裡的——

那一鉤釋放暈光的上弦明月……

碰！在記憶的國度，你們一起點燃了靈光，同時進入你們共有的祕域……

7

在你們共同的祕域，妳，

蓄短短齊耳的髮，土黃色衣裙，淡眉細目，像一朵郊野路邊，文靜悄悄的小花。是，妳是一名高中生，住在遙遠的鄉下，在天色初明的清晨，妳是一列慢速火車上寥寥可數的乘客之一。

妳坐在兩排相對，髒綠色的長椅上，兩條細瘦的腿，緊緊併攏，一個人乖巧地坐在長椅中央。這節車箱，在這樣早的清晨，通常沒人，或頂多兩三個，分佈在四張長長的綠椅上。

連綿的稻田，間雜著房落，如轉速稍快的電影，在妳腦後、眼前播放。妳墨褐色的瞳仁，隨著景物行轉跳動，

逐漸……妳的眼珠露出異彩，隨著車速變慢，直到停止，那異彩如同雀鳥飛出妳的眼。

妳的眼，彷彿在找，找到了你，然後妳的眼焦跳開。

你站在月台上，等火車停定，才跨上車，炯炯的眼，也開始找，找車上的妳，找定了，坐在妳的對面，隔過寬寬的走道，與妳相對。

於是，兩雙眼，躲起迷藏，你的心噗噗跳得厲害，妳也一樣。

然後，你們一起等待，一起等待你們的黑……

8

黑，在一處荒草漫煙後開始，伴隨著隆隆巨響，像你們的秘密甬道，匿藏著你們片刻的竊歡。是，是山洞，火車進入長長的山洞，進入長長的黑，

黑到使你們勇敢地，讓雙眼，

越過黑暗的走道去凝視對方、撫摸對方，黑到使你們眞實地，用雙眼，吶喊積累二十四小時的想念，抒發情竇初綻的悸動。

然而光線漸進，你們的黑，被朗朗碩日逮捕，就範。你們快速地錯開眼神，因爲，經過山洞，車門很快便啓，啓開吞入一大群你們的同學死黨。其中，一個你喚他鐵餅的小子，就大剌剌地坐在你身旁粗聲粗氣地說：

「你怎麼老是坐在這女的對面，不會吧？長這麼善良的女生，你也有興趣？別氣扁你那一掛馬子！」

這話沒氣扁那一掛馬子，卻氣扁，妳，

妳隔天換了車箱，心沉到火車輪下。未料，你，

一路找來，這回你不坐對面，直接坐在妳的旁邊，妳，

聽見你的呼吸，心像揪緊的衣角揪得厲害。

黑，很快到來，在黑裡，在隆隆的聲裡，

你，的手，疊上妳，的手，像一片溫暖的羽毛，飄飄地，

覆在妳的心上；像一片清香的玫瑰花瓣，柔柔地，落在妳的，魂上。

黑再度落入陽光的手，妳在門未啓開之前，快速抽出手，起身離開這一列車。

再隔天，妳坐在長長列車裡隨意上的一輛，在火車抵達你的站時，妳，

看見你慌慌地找，找到妳，便直接坐在妳旁，甚至，還沒進入黑，就覆上你暖暖的手，手暖暖，熱熱，甚至微微沁汗……

黑與隆隆俱至，妳聽見你的呼吸湊近妳的臉，熱熱的吐氣貼在妳的頰，妳想躲，你，

卻一口攫住那小巧的唇，妳還想躲，可心裡怕黑一下子就走，便伸出了舌，

舌含在你的口，有微微的甜，微微的酸，有燙燙的溫，燙燙的濕，燙燙的軟……

你們在黑裡閉眼，卻打開每一朵小小的味蕾。

味蕾是春天千萬朵互遞花粉的蕊，你們，

心神亂墜，意迷情亂……竟連陽光復至，黑暗退卻，車門開啓，都不知曉，你們，是一起聽見哄然的人聲，才如夢初醒，當下，妳，窘了心，埋著臉，幾乎是衝地，離開了這節車箱。

一直走，一直走，走到火車末尾……

僵在原車箱的，你，

則尷尬地看向窗外……不期，卻被鐵餅粗糙的聲音，如槌敲暈：

「找了你幾天，你卻在這裡，哇塞！我靠，眞是香辣刺激！長相善良的馬子，你也上？」

你沒有回頭應他，卻也沒有勇氣回到，

你們共有的黑。

9

妳，很慢很慢騎著車，晃在停電的城裡，風輕輕襲在妳露在口罩外的膚，像當年妳在火車尾臨風的感覺，好像嘴裡心裡還藏著你，的餘溫……這會兒的妳，明天就要挽著別人臂彎步入禮堂的妳，身，竟因著那餘溫躁躁地發起熱……

車不知不覺行到西區最鬧的十字路口，車燈與人聲嘈成一片，妳往前挪挪車，看見

好幾輛車撞在一起，救護車「嗚……噎……嗚……噎……」的響聲，鳴在四周，妳兩眼無意識地凝向那白色車頂的警示紅燈，突然想，

誰會把妳從目前枯燥乏味的人生救走？救去找回那生命中原來存有的，黑……

唯，這念頭在妳腦，停留不到三十秒，因爲，妳很快從壅塞的人群中找到一條回到明天的路，即便，這場通往妳心中祕域的大停電，還持續進行著……

10

你，從夢中掙起，頭昏昏脹脹，像經歷一場宿醉。你回想一下，昨晚究竟做了什麼，竟除了跟情婦做愛外，什麼也想不起。

你拍拍頭，爬起了身，正好看到睡在身邊，大家公認天生美女的妻，凌亂的睡姿。

沒多瞧一眼，你就逕自下床，漱了口後，步到餐廳，坐在傭人爲你準備好的早餐前，兜起遙控器，打開電視。

頭條新聞是城裡的大停電，你恍惚記憶起昨晚的漆黑……新聞中，相關單位爭相檢討停電的責任，讓你覺得好笑的是：有商家爲了怕人趁黑劫物，竟然拉下鐵門，拘留客戶，你心裡暗笑：

「一點顧客心理都不懂，得罪了這次，倒店關門的是以後。」

你剷一口炒蛋，正往嘴裡送，驀然，你看見一件西區十字路口大車禍的新聞裡，有一雙眼，一雙留在口罩外的眼，細細長長……還帶著風的味道……似乎就要連著你腦內朦朧中……隆隆的黑，鉤牽你臟腑的神經，你，

心中動了一下，那一匙蛋留在半空，但，

只幾秒，那雙眼就消沒在人車裡，也消沒在，你，混雜的意識裡。

你吃了那一口蛋，繼續分析昨晚的停電事故。

11

全城一起停電的機會不多，停在你們一起思想人生的時機更少。因之，你們的祕域，慢慢地，結蜘織網，佈絲牽蘿，頹敗傾圮，煙消灰散，不會，

不會再有一次，你們一起逃開時間的控制，進行一場，

黑色的祕戀。

雙子星

蔣美經

高岱君

我，蔣美經

因爲太陽星座是天秤，所以頭腦冷靜，喜歡理性思考，但面對問題卻常常猶豫不定。寫作便是其中最讓我難以堅持的部分。自認條件不夠，寫出來的東西很少能讓自己滿意，經常患得患失，有時候甚至會逃避寫作的瓶頸。但又因爲上昇星座是雙魚，除了懶散一點之外，頗善於等待，所以對創作總還存有一些無可救藥的浪漫。

小時候，我很喜歡在腦海裡想像一些不著邊際的故事，每天上下學的路上，自己常會扮演各種角色，模仿大人說話的語氣，天馬行空的編了一堆口白，很認眞的演起一個人的獨角戲。有一次爲了想故事的劇情，我站在路口發起呆來，直到被公車撞倒在地……

……

我一直沒有什麼特別的理想和抱負，只是很單純的做自己想做的事，這種想法讓我很自由，可以隨心所欲的發揮，而沒有太多的壓力，但相對的，創作的品質便很難提升。一方面也由於工作忙碌的因素，有些創作顯得倉促而草率，這讓我相當慚愧，彷彿在碰運氣似的。

我希望自己能持續而努力的累積經驗，精準掌握一貫的創作理念，不求花俏，誠懇的帶領讀者感受眞實，引發共鳴，甚至牽引出人們內心靈性的想像。於是我想到最直接的方法，便是和歌曲結合的創作題材，這篇〈讓每個人都心碎〉便是先有音樂背景，再進而編寫一幕幕的情節，這對我是相當有利的創作方式，我可以較容易掌握氣氛，並放任直覺去寫。

921大地震的那晚，我在開車回家的路上，視線不清，險象環生，一股惶惑的不安在體內湧動。整個世界突然變得失序、雜亂，所有人彷彿都陷在混沌的沼澤中摸索前行，那一刻的憂懼，讓我想起多年前一個黯寂的夜。

那年初秋，剛和情人因爲一場誤會而分手，我躲在密閉的房裡，看著牆上的指針緩緩走過，空氣紋風不動，像隱藏著某種詭譎的東西，隨時要朝我的心臟刺上一刀似的，我當下才明白，原來生命竟是如此不堪一擊。

這種被撕裂的疼痛，只要是曾經捱過的人都能懂得。

十多年後，當我眞正開始從事文字創作，我的許多作品都帶著「錯過」的遺憾，我相信這和自身的經驗有關，這篇故事當然也不例外。其實除了抒發情感之外，也希望啓發人們能珍惜自身所擁有的，即使不很幸福，無法滿足，但別忘了彼此最初許下的承諾。

超級好朋友

PART 1 超級女生

◎張曼娟

美經是個超級女生。

這個超級女生想當年可真是把自己當成女超人來操練的，她可以連續工作玩樂幾天幾夜，不眠不休；也可以半夜兩、三點飆騎機車從台北到中壢，替朋友到餐廳代班演唱，天不怕地不怕，許多瘋狂的事都做過。不過呢，這都是想當年的事了。如今，美經的機車換成嘉年華，四處趕場也變為規律的教學生涯，可是……不可思議的事卻發生了。

話說那年我要結束香港的教職返台，朋友們紛紛前來探望，並且幫我搬家。美經也在一連串的緊張忙碌後安排了假期，我特地計劃了許多行程：上山賞夜景、半島頂樓喝一杯、泰國餐廳吃螃蟹、海洋公園逛一回，那些景點與美食，連我自己看了都讚賞不已。不料，超級女生抵港第二天就病倒了，半夜高燒發抖，情況緊急，我將她送進急診室，接下來的幾天都在醫院進進出出，除了床和醫院，她哪兒都沒去；除了藥和水和白粥，她什麼都沒吃。這種狀況也很超級吧？

作為好朋友，必然是要有點又愛又恨的吧。當我心情不好，美經請我吃飯，送我回家，還從後車廂取出一束白玫瑰的時候，真是太可愛了。可是，當我們一起去看「天才雷普利」，售票員堅持一定要檢查美經的身分證，卻對我遞上的身分證瞄都不瞄的時候，實不相瞞，我真有點恨她。

從前和女性朋友夜裡聚會結束，都是由我負責送她們上計程車，然後記下計程車號，很有男人風度地跟她們說：

「回到家打個電話給我。」

但是，認識美經以後，一切都不一樣了。

首先是她的身高，讓不算矮的我站在她身邊，都有一種小鳥依人的安全感。再者，不是我送她回家，而是她常常在夜裡開著車，送我到家門口，然後看著我進了大門，沒有歹徒侵擾我了，她才安心驅車離開。如果那天她剛好沒開車，她還會替我攔一部無線電計程車，從頭到腳打量司機一遍，才放心讓我上車；臨上車前，她會瀟灑地抬了一抬下巴，然後用她迷死人不償命的溫柔眼神跟我說：

「我手機開著，有什麼事打電話給我，o.k.?」

這就是我認識的美經。

若要說「女男平等」，美經和我就是最盡職的實踐者了。

PART 3

美麗經過夏日街

◎孫梓評

當身邊的問候越來越顯得公式化的時候，我便格外想念起美經。

其實，與美經見面的機會非常少，平日各處島的南北，只偶爾在朋友的聚會中可以碰上一次面。每回她來，通常大家都已經到齊了，甚至，已經很不講義氣地就先開動用餐了，然而，她安安靜靜地出現之後，彷彿就把夜的缺角補齊了，溫暖漸漸靠攏，或許，還鑲著幾朵鈴鐺般的笑聲。

然而，美經仍是沉默的。

她靜靜注視著我們，聆聽大夥兒未完成的討論，她的沉默，也像是一種參與。不意中就會洩露出關心，她總是，很哥兒們地捏捏我瘦弱的手臂，說：要吃胖一點喔。

就像，一條夏日午后的長街，雖然聽不見嘈雜的聲響，卻感受得到溫度，以及街上燦燦變化的光。如果你看過電影「春光乍洩」，就是梁朝偉和張震在巴西小巷子裡踢足球的那一段。

最記得的，每次散會後，美經總會順道載我一程，坐在她小小的車廂裡，望著窗外橘色調的台北夜景，很自然地就想和她分享幾件平淡的生活，或是不規則剪裁的近況。而她總是緩緩地聽著、應著。

望向城裡沿路燃燒的木棉，我知道，夏天就要來了。

當美麗經過夏日街，我就能安心地與春天告別。

失控・高岱君

因爲一些族繁不及備載的理由(搬家、作業寫不完、不愛唸書……)，所以從小到大，一共有八間學校的註冊紀錄。讀的科目風馬牛不相干，像是帳目永遠兜不攏的商科、像是撈水溝水做實驗的環工、像是之乎者也的中文。唸八間學校的好處是可以比較福利社的優劣，壞處則是一直在說再見。不過，到現在我還沒搞清楚的是，那些有意無意的「轉彎」到底是因爲不安分，還是不負責任？

至於我的寫作，似乎也感染到這種不知道是好還是壞的習慣。因爲不會擬故事大綱，所以每個故事的開端都是由點和線連出來的，只是，不論連成什麼樣的輪廓，通常最後寫出來的東西，總和最初擬定的風景大致無關，也就是寫著寫著，然後就雲深不知處了。爲什麼會這樣，其實我也想了很久，不懂別人創作時怎能那樣安穩地沿著既定的脈絡前進，而我，常常是要等到畫上句點後，才知道自己究竟寫了什麼。

這個無聊的疑問，偶爾會讓我想起以前班上男生玩八家將的事。當時，他們躲在空教室燃香、唸歌，進行所謂的請神儀式，我則和幾個女生好奇地躲在窗邊屏息以待。白煙瀰漫了整個空間，歌謠的速度越來越快，窗裡的神秘和窗外的靜謐似乎是兩個完全不同的世界。終於在聽完第五遍依然聽不懂的歌謠後，躲在外面偷窺的我們決定放棄，因爲啥事也沒發生，而裡頭的人也在討論到底要不要繼續……卻在刹那間，一個本來不在請神行列的男生，突然毫無預警的撲倒在地，彷彿被某種未知緊緊的控制，他像蛇一般地扭動著身軀，不尋常的力氣讓幾個男生都抓不住。很多年過去了，我依然清楚記得當「神明」退駕後，他那完全不明所以的眼神，恍若，大夢初醒。

也許我寫作的過程也是這樣吧。從第一篇小說開始，我逐漸發覺故事裡的人物其實是有生命的，他們會有自己想去的方向，會有自己想做的選擇，我根本無法制止他們一個個地從鍵盤上逃跑，我只能安靜的坐在觀衆席，讓他們恣意操縱著我的指尖，左右著我的歡喜憂傷。〈悲傷的薄荷糖〉亦是如此，不知道爲什麼當時嘴裡甜甜吃著的薄荷糖，竟然莫名其妙的就入鏡，然後篡位成主角。像這種失控的花朵，還盛開在無意間聽到同事提起學弟去她家借浴室的事；盛開在忽然想起大二時和學伴相見歡的往事；盛開在和明信片上那座烙印心底的摩天輪重逢的瞬間，於是，故事最初的模樣就會很簡單地從原路叛逃，換上新衣裳，私奔到他方。

榮格說：「別人知道的你，可能比你自己知道的還多。」我想，寫作對我而言大概就是這麼一回事。那些不明白的，那些刻意忽略的，都可能在將來的某一天，從失控的書寫中，漸漸透明，漸漸清晰。或許，或許我也會在那裡面拼湊出全部的，自己。

超級好朋友

PART 1 她以爲她很美麗

◎林育丞

我和岱君是同一年秋天插班考進東吳的轉學生，我們不同班，但卻常常廝混在一起吃喝玩樂。和許多人一樣，剛認識岱君的時候，我以為她是年紀比我小的妹妹，後來知道她的真實年紀之後，我馬上就對她肅然起敬了起來，並且好奇她到底是用了哪種牌子的保養品，才能如此的晶瑩剔透？然而岱君是不用任何保養品的，她還會在你稱讚她的天生麗質時，搖搖頭地，感嘆的說自己其實是「人醜命賤」？？？簡直令人髮指！

當然岱君是極其自戀的，所以她不喜歡有寒流的冬天，因為天氣一冷她的鼻子就會紅咚咚的；所以騎車跌倒時，她爬起來最關心的一件事就是：我的臉有沒有怎麼樣？所以她堅持不肯再陪我上第二次的現代舞課程，因為她不想再像草履蟲一般的在地板上爬行，練習可笑的肢體語言。很多人驚豔於岱君的年輕和美麗，總以為她是不食人間煙火的，然而我所認識的岱君，卻是很有人味的，我看過她憂傷的哭泣臉龐，看過她對感情的專注和執著，看過她的天真和勇敢，也擁有過她真摯的安慰擁抱。雖然她喜歡一個人和討厭一個人的理由，常常荒謬到讓我覺得莫名其妙，但我想：也許正是因為這樣的獨特個性，所以岱君創作的作品風格，才會如此的絕無僅有吧！

PART 2 我變、我變、我變變變！

◎谷淑娟

「岱君是我的學妹，也是我的鄰居！」每一次我總是這樣介紹著我的好朋友岱君。絕對、絕對、打死也不會向別人提起：「其實，她的年齡跟我一樣喲！」這根本就是一種「自取其辱×3」的作法。因為別人的反應總是：「不會吧，那妳怎麼看起來那麼像她的大阿姨！」

整件事情實在錯不在我，因為，見過岱君的人都知道，她有一副十八歲少女才有的純潔外貌及一雙水汪汪帶點無辜的大眼睛。然而，據她本人透露，她卻是那種曾經逗留撞球場，一拳揮過別人臉頰的那種逞兇鬥狠的青少年。

「怎麼可能，少騙人了！」初聽這番話時，我覺得這根本是天方夜譚。直到，有一次我親耳聽見她與曼娟老師的一番對話，才開始對她刮目相看。

曼娟老師：「以後你們要怎麼教育你們的小孩？」

岱君：「如果長得像我一樣可愛的，就100%寵溺；如果是長得醜的，就丟在街上完全不管。」

曼娟老師：「既然這樣，那……那醜的那一個，可不可以乾脆送給我好了。」

其他無恥的紫石成員：『老師，那以後我們家如果有醜的，可不可以也順便擺在妳家。』

曼娟老師：「……」

我幾乎要開始相信，岱君是傳說中那種心狠手辣型的少男殺手了。然而，漸漸熟識後，我卻發現，貌似十八的美少女岱君，竟然也有大姊姊般體貼成熟的另一面。每一次我們一起出遊，她一定堅持要把我送到家面前才肯放心自己再走回家去。天曉得，她那種長相，才是被綁架與搭訕的好材料。而大阿姨，唉！早就乏人問津，連狗都寧願去理包子也懶得理我了。而每逢連我自己都會忘記的生日、新年、聖誕節，岱君總是會親自在我的信箱裡塞進一些非常岱君式的禮物，如：藍色的卡片、奇怪的貝殼。她的體貼與用心，讓當大阿姨已經很久的我，也能體驗小女孩被悉心照顧的美妙感覺。

變大、變小、變老、變少、變壞、變好，變來變去的無辜美少女高岱君，還會有什麼令人咋舌的另一面呢，我想，答案應該就在《馬爾地夫星星海》及《當一顆綠豆蔓生》中囉。

PART 3

小心岱君DIY ◎詹雅蘭

岱君最近搬家了，從淑娟的鄰居搖身一變，成了我的鄰居。

在我們還沒有鄰居關係之前，我對於岱君的了解，幾乎是從我們不定期舉辦的「暴飲暴食早餐團」裡，一點一滴累積而來。總的來說，她吃得不多，卻毫無怨言的花了五、六百塊，隨著我和淑娟跑遍各家飯店；她話說得很少，整個早上，就靜靜的聽著我們說些沒有營養價值的話題(所以才要吃那麼多的早餐補充養分)。於是，一個懂事、獨立、沉穩的傢伙，就成為我對岱君的初級認知。直到我開始幫她處理租房子的事，才對她有了更進一步的了解。「為了安全，我想把房門的鎖換掉。」她研究四周環境後，下了決定。

「那我們去找鎖匠。」我馬上提議。

「不用！」岱君打斷我的話，很老練地從袋子裡拿出一盒東西：「這種東西自己裝就好了。」

「真的嗎？」我不禁對她崇拜起來。

接下來，她專注地拆卸門上的舊鎖，我則離她遠遠的看著電視，不敢打擾，過了一段時間，我晃過去看看岱君進度，發現她竟然看著喇叭鎖發呆。

「怎麼了？」我問。

「拔不下來。」她一臉苦惱。

「我試試看。」我從她手上接過螺絲起子，話才剛說完，馬上就發現一個小洞，輕輕一撥就拔開了鎖頭。

「哇！妳真是太厲害了。」岱君流露著感動的眼神。

接下來就看她了，我又跑回電視機前蹲著。

「喂！」岱君又叫我了：「這個螺絲歪了，裝不上去。」

聽到她這麼說，我又匆匆忙忙地趕去，硬生生的將釘子塞進洞裡。

終於，岱君將所有零件全組合起來，忍不住得意的笑了。

因為感染到她的喜悅，於是我跑進房間將門關上，準備打開後宣示成功。只是，當我旋轉著把手時，竟然發現門打不開。

「岱君，我好像出不去了耶！」我儘量保持冷靜。

「那……怎麼辦？」門外的岱君音調顫抖著：「開…開門…開門哪！」她激動地敲著房門，好像被鎖在裡頭的人是她不是我。

「不要緊張，沒事的。」被鎖住的我反倒安慰起她來。

「對了，拆門，從裡頭把門拆了，妳就可以出來。」岱君已經語無倫次。

「不用這麼激烈吧！」我建議將新鎖拆掉。

經過一番折騰，我們將新鎖毀了。透過門板的小圓洞，終於可以看見彼此，並且悲喜交集地緊牽著手。

過了一分鐘，我們將門鎖零件全部分解，我總算可以跨出房門。

「我看，還是請鎖匠來好了。」看著滿地的殘骸，我衷心建議。

她點點頭，並且若有所思：「妳可不可以不要告訴別人今天的事？」

「有什麼關係？」我感到納悶。

「因為，最近公司要我做一本書…」她吞吞吐吐的說：「就是教人怎麼DIY。」

天哪！我想以岱君目前的實力，恐怕不宜輕舉妄動。

也因為這次，讓我發現一向被我認為相當獨立岱君，其實還保有著小妹妹般，需要被照顧的特質。

作者X檔案

谷淑娟

情人節誕生的水瓶座女子，東吳大學中文系畢，現任某文教機構文案企畫。熱騰騰的性格，讓她的文字有一種搖擺爵士般的特殊情調，歡樂時有韻味，抒情時不低調。再悲傷的情節，也會在她的字裡行間偷渡希望與微笑。出人意表的劇情、引人發噱的對白，都是她讓讀者閱而忘返的獨家書寫配方。驚豔淑娟的文字，就像邂逅她本人一般，很難不被她風格鮮明的喜怒哀樂複製感染。出版作品有：長篇小說《綠街99號的微笑》（皇冠出版）、小說式雜文《恐龍週記》（商周出版）、短篇小說合集《奇蹟販賣機》（麥田出版）、小說式雜文《野女人週記》（商周出版）。

角子

「我不知道那是不是一個很荒謬的念頭，經常我會對著一份問卷的職業欄，突然衝動地想填入『幸福的追尋者』這樣的字……」

角子，本名莊鎧壎。暫時的工作是環球唱片的企宣統籌和朋友口中的情緒垃圾桶。

極度迷戀關於愛情的主題，也許可以是唸完法律然後去做唱片的唯一說法。

曾經參與企劃、文案撰寫的藝人有孫燕姿、鄭秀文、蔡依林、王力宏、彭佳慧、杜德偉、郭富城、無印良品、陳淑樺……永遠從愛情的角度出發，永遠認爲聽的愛情和談的愛情一樣迷人而重要。

現爲「北美新浪網」、紅群部落網站專欄作家。

著有：《一點都不八卦》（晨星）、《城市愛情冒險家》（圓神）、《尋找瑪麗莎》（遠流）、《我是角子，請你抱抱我》（商周）、《深夜+-1:00》（聯經）。

角子專網：『星衣櫃』http://www.starcloset.idv.tw

林怡翠

1976年生，台灣大學中文系畢，現在是南華大學文學研究所的研究生，並於報社任職。喜歡寫詩和小說，像是左手和右手，有不同的紋理，卻是相同的命運。喜歡對各層面的性別權力進行觀察，寫作時常以此爲題。也喜歡在自己和別人的靈魂世界裡來回走動。

曾獲得台大文學獎散文首獎、詩獎，全國學生文藝獎散文獎，作品入選《八十四年年度詩選》、《八十八年年度詩選》等選集。

陳國偉

「小說對我而言是一種救贖式的想像，關於生命中無法經歷的驚悚、乖詭、邪異、淫靡，一一在筆下完成，或許這是褻瀆造物者的模擬，但卻是我生命無限可能的實踐。」年輕的他如是說。

他遊走於各種文類間，尋找自己的可能，寫驚悚的小說、抒情的美文、議論抗議性的詩，因為年輕，讓自己這樣放縱著，才不知不覺發現開始老了。

他是陳國偉。一九七五年出生於基隆。在東吳中文、中正大學中文所都畢業過，剛進入中正大學中文所博士班，也在環球技術學院兼任講師。

曾獲中央日報文學獎散文第一名、小小說獎；全國學生文學獎大專新詩獎；桃城文學獎散文、新詩第二名；雙溪文學獎小說獎、散文獎。著有學位論文《朱西甯系列小說研究—文學生命的寂寞單音》。

孫梓評

一九七六年生於高雄。東吳大學中文系畢業。

是華麗的天份與踏實的努力，是無與倫比的理性與感性，他用句子勾引出另一個句子，像一條路徑，引領人們進入他文字裡的繁華森林。

曾獲中央日報散文獎、台北文學獎、全國學生文學獎、雙溪文學獎。

著有詩集《如果敵人來了》、散文集《甜鋼琴》、短篇小說《星星遊樂場》、長篇小說《男身》、《傷心童話》。

歐陽林

分析歐陽林的成分，有些複雜——

愛情，球鞋，白袍，牛仔褲，電腦，文字，聽診器，聊天室，快樂，憂鬱，多情，傷情，歐巴桑殺手，聽情高手，寂寞男人，虛擬情人

依此判定：此為不良少年。（少年二字，保留刪改權利）

最新作品：《我的青春哪！》《醫生的花YOUNG心事》（麥田出版）

他的網站：台北醫生的故事天堂：http://home.pchome.com.tw/cute/drou

高岱君

東吳大學中文系畢業，害羞的金牛座，迷戀藍色和沉默。
經歷方面很大眾，當過公務人員、賣過花、做過書店員工、現在是字字計較的編輯。
作品：有很多海水很多眼淚的《馬爾地夫星星海》和終於有一點腳踏實地的《當一顆綠豆蔓生》。

詹雅蘭

1972年生，雙魚座，東吳中文系畢業。
曾經歷過兩家雜誌、一家傳播公司，現在落腳紫石作坊。
記得許多過往的場景，總在找機會將它們一一還原；喜歡騎著自行車，往最安靜的巷道鑽去；曾花了大半個童年，在高高的屋頂上發呆，聽著成群鴿子飛過的聲音。生命的基調是一片昏黃，如今開始在調亮中。
以前堅持俐落簡約，最近覺得，金碧輝煌也很棒。
個人作品：《滑行城市—香港》（橘子出版），《我們的顏色》、《遙遠的婚禮》（皇冠出版），《住在荒謬街7號》、《微笑碼頭》（商周出版），《雪落下的聲音》（麥田出版）

馬瑞霞

雙魚座，工作多年後決定重返校園，繼續扮小裝可愛。現爲台灣藝術學院戲劇系學生，喜歡體驗生活中的觸動，化爲筆下人物與故事。作品：「黃昏後座的小菊花」收錄於《Love Me, or Not?花草愛情》（大田出版）、「尋找水舞星」收錄於《Who are you?奇幻愛情》（大田出版）、《包餃子的女人》（小知堂出版社出版）。

吳雅萍

現就讀東吳大學中文系。生長於南方小鎮，迷戀迎風騎腳踏車的過往。善以雙手捏塑出空氣中一些美好輪廓，有顏色，有氣味；模擬電影般轉動播放的同時，希望引出想像幸福的輕輕嘆息。

沒有文學獎背書，在此之前，作品只發表於校刊及社團刊物。

蔣美經

一九七一年生，天秤座，生於越南，五歲時來到台灣。精通國、英、粵語，唯獨台語講得「不輪轉」。

身長176公分，因害怕持續不斷往上竄高，已不再打籃球，外型散發著一股英氣，活脫像是知名漫畫《凡爾賽玫瑰》中的奧斯卡，同時保有著敏感與堅持。

常常喜歡放縱自己於高速疾馳裡，從越野DT到現在小小嘉年華，都是她在城市裡漫遊的夥伴，而座前那個鼾聲連連的小布偶，則透露出她對安定的渴望。

歌手、講師、作家，曾是她最嚮往的三大工作，在實現前兩個願望之後，現在正努力耕耘第三個夢想，緊接著《嘿！聽我唱這首歌》之後，《一口箱子的祕密》是她最新的成績單。

黃永芳

1976年生，東吳大學中文系畢業。

曾任網頁編輯，現任行銷企畫。習慣跟高科技打交道，卻覺得自己終將回到文化圈。還在發掘自己深埋的寫作潛能。（可能埋在地心吧！）

喜歡的作品還沒出現。

曾獲東吳大學雙溪文學獎。

已出版作品：《尋找獨角獸》（皇冠出版）、《飛天書：不告而別》（橘子文化出版）。

鄒馥曲

靜宜中文系畢業的她，1967年生，當過國中代課老師、雜誌社編輯、室內設計助理，到了1997年，才覺悟自己應當立刻坐下來寫作。她的身上，有山的味道。本世紀初，梨山燎起熊熊大火，從她的左心房燒到右心室。幾乎，她就要直奔她曾嬉耍的七家灣溪，護衛她清澈如許的童年。

鄒馥曲——也許網站一角，也許報紙一端，也許文學獎的討論會上，也許地方徵文的得獎名單上，你會不小心看到這個名字，然後，你會在她的作品裡，讀到她對文學的企圖與堅持，一如她所散發出來的，山的味道。

或者，你可以說，那是魔羯座的味道。

國家圖書館出版品預行編目資料

停電之夜愛情故事 / 詹雅蘭等著. --一版. --
臺北市 ： 大地, 2001〔民 90〕
面； 公分. --(愛情路標：1)

ISBN 957-8290-36-5 (平裝).

857.61 90005401

停電之夜愛情故事

愛情路標 01

著　　者：詹雅蘭 等
創 辦 人：姚宜瑛
發 行 人：吳錫清
主　　編：陳玟玟
策　　劃：紫石作坊
出 版 者：大地出版社
社　　址：台北市內湖區環山路三段 26 號 1 樓
劃撥帳號：0019252－9(戶名：大地出版社)
電　　話：(02) 2627－7749
傳　　真：(02) 2627－0895
e -mail ：vastplai@ms45.hinet.net
印 刷 者：久裕印刷股份有限公司
一版一刷：2001 年 4 月
定　　價：180 元

Printed in Taiwan